もたれ攻め

北町影同心 5

沖田正午

時代小説

二見時代小説文庫

目次

もたれ攻め——北町影同心5

第一章　忍び寄る悪意

一

この一月《ひとつき》ほど、北町奉行からの呼び出しはない。

奉行所の町方同心では手が出せないほどの、大物が絡《から》む事件に携《たずさ》わるのが、音乃《おとの》と丈一郎《じょういちろう》の使命であった。

大抵は、世間を震撼《しんかん》させる大事件である。二人に仕事が回らないのは、それはそれでよしとすべきである。

手が空《す》いているこのごろ、音乃は家事などに余念がないが、丈一郎は暇をもてあましている。

何もしていなければ、心身ともに衰えてくる。音乃は、そんなときの丈一郎を気にして見ていた。だが、義母の律《りつ》をさしおいて余計な忠告はできない。

半月ほど前のこと、足の爪を切りながら所在なさそうにしている丈一郎に、音乃が声をかけた。

「――お義父《とう》さま、囲碁でもやりませんか？」

音乃は、文武に秀《ひい》でるだけでなく、囲碁のたしなみも身につけている。幼いときに、実父である奥田義兵衛《おくだぎへえ》に習い覚えたものである。

「囲碁なんて、この方やったことはないぞ。それに、音乃は囲碁が打てるのか？」

定町廻《じょうまちまわ》り同心で、囲碁や将棋ができる者はほとんどいない。毎日が忙しく、そんな暇はなかったからだといえる。

「はい。これでも、父上の相手をしておりました。たまに家に戻ってくると、前に座らせられたものです」

「そうだったか。なんでもやるのだな、音乃は……」

丈一郎が、にが笑う。

「囲碁や将棋は、けっこう考えるものですから、頭の鍛錬になります。いかがでしょう、今からでもちっとも遅くございませんから囲碁を覚えませんか？」

「碁盤や石はないぞ」

「それならば先日、ご近所さんから、用済みとなったものをいただきました」

と言って音乃は、三寸厚の足のついた碁盤を運んできた。

「ずいぶんと、手回しがいいな」

ここでも丈一郎がにが笑う。

「はい。お義父さまと、いつかは一局打ちたいと思っておりましたので」

囲碁の、基本的な取り決めが覚えられれば、すぐにも対局をしたくなる。丈一郎は囲碁の愉《たの》しみをまずは覚えていった。

春爛漫《らんまん》といった気候を背景に、榑縁《くれえん》に座って庭を眺めながら囲碁を打つのも、優雅な光景である。そこに律が茶を運んでくれば、一家の幸せが凝縮されるというものだ。

丈一郎が次の一手を考慮中、音乃の顔が庭を向いている。目は、このところ丈一郎が手入れを疎《おろそ》かにしている、松の盆栽を見つめている。

「松の枝が伸び放題で、形が変……」

独《ひと》り言のような音乃の声が聞こえたか、丈一郎も碁盤から盆栽に目を転じた。

「ああ、あれか。なんとかしようと思っているんだが、ああいった道楽は一度手を離すと、つづけるのが億劫《おっくう》になってな。たまに、水をくれるくらいなことしかやっておらん」

以前は、丈一郎も丹精込めて盆栽の面倒をみていたのだが、この一年は剪定鋏《せんていばさみ》すらも握っていない。億劫という言葉が丈一郎の口から出て、音乃は一瞬眉をしかめた。

「お義父さま……」

体を前にせり出して碁盤を見つめる丈一郎に、音乃が話しかけた。

「差し出がましいことを言うようですが、聞いていただけますか？」

音乃の真剣みを帯びた物言いに、丈一郎の顔が上がった。

「なんだというのだ？」

「お義父さまは、今しがた億劫という言葉をお使いなさりました」

「それが、どうした？」

「物の本で読みましたが、面倒臭いとか億劫とかという言葉を口に出して言われると、その人は急速に老け込むと書かれておりました」

自分の意見として言わぬのが、音乃の奥ゆかしいところである。

「いかがでございましょう。この勝負がつきましたら、盆栽のお手入れをなされたら」

「分かった。そうすることにする」

一手を考えながらの、丈一郎の返事であった。

それからというもの、丈一郎は盆栽の手入れと、実力を少しでも高めようと囲碁道場にまで通いはじめるようになった。

鋏をきれいに入れ、およそ十鉢ある松の盆栽は枝ぶりが見違えるようにきれいになった。音乃も、庭に下りては松の観賞をする。

「これなど、とてもご立派です。おいくらぐらいで売れるでしょう？」

生憎《あいにく》と、音乃は盆栽の目利きには疎《うと》くある。見た目の立派さは、価格に置き換えての判断しかできない。値が高くつくほど、盆栽の評価が決まるものと音乃は思っている。

そんな平穏な日々は、つかの間であった。

躑躅《つつじ》の花が色艶やかに咲き誇る、文政《ぶんせい》八年旧暦三月《やよい》。

二十五日は、音乃の亡き夫巽《たつみ》真之介《しんのすけ》の月命日である。

この日音乃は、巽家の菩提寺《ぼだいじ》である、深川仙台堀《ふかがわせんだいぼり》近くの禅洞宗《ぜんどうしゅう》相兼寺《そうけんじ》に一人で赴《おもむ》いていた。

「南無釈迦尊言阿弥陀仏　南無しゃか……いけない、どうも念仏を唱えてしまう」

地獄八界を仕切る閻魔《えんま》の女房としては、禅洞宗の念仏を唱え、亡き夫が極楽浄土に向けて成仏《じょうぶつ》されてしまうのは困る。だから、菩提を弔《とむら》うことはしない。音乃の心の中で、真之介は今でも生きつづけているのだ。供養というよりも、真之介に逢いに来ているといったほうがよい。

「また来ますね……」

土中に眠る真之介に別れの挨拶を告げると、音乃は落としている腰をもち上げた。水桶を手にし、その場を去ろうと二、三歩足を踏み出したところであった。

「……ん？」

音乃は違和を感じて立ち止まると、目を石柱に転じた。巽家先祖代々の供養塔は、九寸角の小松石で設《しつら》えた立派な墓石である。

「何、これ？」

墓石の側面に削られた疵《きず》に、音乃は愕然とする。

『死ね』

二文字、金釘か何かで刻まれている。

硬い石相手に、よほど力を加えて刻んだのだろう。浅い疵だが金釘流の下手《へた》な字で、はっきりと読み取れる。一月前の、一周忌法要供養のときにはなかった疵である。

「いったい、誰がこんなことを……？」

度が過ぎた悪戯《いたずら》に悪意を感じた音乃は独りごちると、周囲に手がかりとなるものを探した。

彼岸《ひがん》も過ぎて、時期外れの墓地は人影もなく、閑散としている。目にする生き物といえば、供物《くもつ》をあてにしてうろつく野良犬か野良猫、それと奇妙な啼《な》き声をあげる黒羽の鴉《からす》だけである。

墓所の周りには、それらしき足跡はついていない。数日前の降雨で、足跡が消されたと思える。

「……となると、それ以前になされたもの」

音乃は頭の中に置くと、庫裏《くり》に赴《おもむ》き住職に訊ねた。

「なんだかこのところ墓が荒らされての、誰の仕業《しわざ》か分からず往生しているのよ」

墓石への悪戯もさることながら、石塔が倒されたりしている。寺社奉行所に届けを出したが頼りにならず、憂いていたところだという。

「まあ、そのうちに治まるだろう。墓を荒らすなどとの不心得者には、必ず神仏の天罰が下るはずだ」

墓石の修繕費用は、それぞれ檀家もちである。住職の言葉に憤りは感じるものの、犯人を挙げようなどとの積極さは薄そうだ。

──捕まえたら、修繕費を返してもらう。

憤懣《ふんまん》やる方なかったが、それだけのことで二六時中《にろくじちゅう》、寺を見張るわけにもいかない。不快な思いを抱きながら、音乃は帰途についた。

日中は、初夏と思える汗ばむ陽気も、日が西に隠れるころともなれば、空気は冷たさを増してくる。

音乃が相兼寺を出たときは、遠くに見える山塊に赤みが降り注ぐころ合いとなっていた。

山門を出てからの帰路は、しばらく両側に寺の朽ちかけた土塀がつづく。人の通りがほとんどない、寂しい路地である。

日の当たらぬ道はことさら暗く、気配が陰として漂っている。そんな周囲の雰囲気を気にも止めず、音乃の頭の中にあるのは、墓石に刻まれた『死ね』の二文字であった。

「……墓荒らしか。まったく罰当たり者！」

世の中への恨みが鬱積《うっせき》し、相当屈折した心の持ち主と思える。悪戯とは思えぬ悪行に腹を立て、音乃が独りごちたそこに、

「助けてぇー」

若い女の、甲《かん》高い悲鳴が聞こえた。

二十間ほど先にある、四辻の右手からである。音乃は駆け出すと、辻を折れたところで足を止めた。

小路を隔てた相兼寺の向かいも、別宗派の寺の裏手である。人の通りがまったくないところで、二十歳にも満たぬ娘が一人、遊び人風の男たち三人に取り囲まれていた。無頼《ぶらい》たちも若く見えるが、その一人に匕首《あいくち》が握られているのを、音乃の目がとらえた。

二

匕首の先が、娘の顔面に向いている。

音乃は一旦止まり、無頼たちを刺激させないよう、黙って機をうかがった。

――迂闊《うかつ》には手が出せないわね。

だが、このまま手をこまねいて見ているわけにはいかない。

無頼たちは、音乃には気づいていないようだ。声をかけるとどうなるか、即座に判断を下さなくてはならない。

音乃が動いたのは、無頼の一人が娘にかける脅し文句を聞いたのがきっかけだった。

「どっ、どうしても、つき合ってくれねえってんだな。いっ、痛えめに遭いてえのか？」

凄む口調の呂律《ろれつ》が回ってなく、音乃にはお粗末な男に見えた。殺気も感じられないそんな男に、ひと思いに人を刺せる度胸《どきょう》が備わっているとは到底思えない。

「あんたら、そんなところで何してるんだい？」

墓参り用の地味な袷《あわせ》を身に纏《まと》い、後家《ごけ》の姿であるも、音乃は伝法《でんぽう》な声音《こわね》を飛ばした。

「なんでえ、てめえは？」

三人の無頼の、そろった声と目が向く。同時に娘の、音乃にすがるような表情も向いた。

「なんでえ、てめえはじゃないよ。どいつもこいつもいい若い衆《し》が三人もそろって、か弱い娘一人をたぶらかそうなんて、どんな了見《りょうけん》をしてるんだい。なんなら、あたしが相手になってやるけどどうだい？」

片袖をたくし上げ、音乃は啖呵《たんか》を切った。

「上等じゃねえか。こんな小娘より、よっぽど上玉《じょうだま》だぜ」

狂犬が獲物を狙うように、涎《よだれ》を垂らしながらえへへと気色《きしょく》の悪い薄ら笑いを発し、三人は娘から音乃へと鞍替えをする。娘から離れ、異様な眼光を発して音乃へと近づいてきた。

「言うことを聞いてくれたようだね。ただし、あたしを相手にすると高いものにつくけどいいかい？」

「俺たちを、馬鹿にしてやがるぜ」

仕草に腹が立ったか、男たちの怒りが音乃に向けられた。

音乃の思う壺であった。

「この女から、やっちまえ」

無頼二人も、懐《ふところ》に忍ばせた刃渡り九寸五分《くすんごぶ》の匕首を抜いた。

「ほう。女一人を相手に、そんなものを抜かなくちゃならないのかい。だったら、こっちも手加減はしないよ」

無頼たちの、匕首の構えからして、素手で相手ができそうだ。音乃はいく分腰を落とし、正拳突きの構えを取った。音乃は素手で倒す『双拳流《そうけんりゅう》』武術の、以前は師範代でもあった。今でも毎朝、義父である巽丈一郎を相手にした乱取りの稽古は怠っていない。

音乃の、構えの隙《すき》のなさに、立ち向かってこれる者はいない。

「おや、どうしたんだい？　遠慮なく、おいでな」

音乃の挑発にも、動けずにいる。

「ならば、こっちからいくよ」

兄貴分と見られる男に、音乃の顔が向いた。その男の眉間に、大きな黒子《ほくろ》があるのが、音乃の印象として残った。

こういう類《たぐい》の男たちは、頭《かしら》を懲らしめてやれば尻尾《しっぽ》を巻くというのを、音乃は心得ている。

相手が数人いても、怯《おび》えることはない。

これと見立てた者だけを相手にするなら、一人でも太刀打ちができる。勇気を奮《ふる》って先手を取るのが、喧嘩殺法の極意である。

音乃は足を一歩前に繰り出し、正面にいる男と対峙《たいじ》した。

匕首をもつ手が、小刻みに震えている。繰り出してくる気配はないと読むも、油断は禁物である。敵《かな》わぬと知ると、無鉄砲になって襲ってくることもある。

相手が、そんな目つきとなった瞬間、

「このやろー」

怒声を発して、正面の男が体ごと匕首を繰り出してきた。

音乃は体を右に避けると、男は勢いあまって踏鞴《たたら》を踏もうとしたところ、ここぞとばかり音乃は裾をひらりと開き、つんのめる男の向こう脛を蹴り上げた。

うわっと奇声を発し、男は堪らず地面にもんどりうつ。

「あんたらも、かかってくるかい？」

残る無頼に、音乃は拳を向けた。

「いっ、いや……」

戦意を失い、残る二人はかかってはこない。倒れた兄貴分を抱え起こすと、尻尾を巻いて走り去っていった。

「怪我は、なかった？」

無頼たちを片付け、音乃は着物の裾にたかった埃《ほこり》を叩きながら言った。だが、娘のほうに目を向けるも、そこに姿はない。

「おや？」

無頼たちを相手にしている間に、いなくなっていた。助けてもらった礼もせず、立ち去っていくのは今どきの娘にはありがちなことだ。

音乃は気にすることもなく、再び歩き出した。

裏道《うらみち》から表通りに出る音乃のうしろ姿を、もの陰から見送る数人の男女がいた。

「お涼《りょう》、あれでよかったか？」

「ああ、上出来だよ。もう一つ二つ、手伝ってもらうけどいいかい？」

言いながら、お涼と呼ばれた娘は懐から巾着《きんちゃく》を取り出すと、三人の男たちに一分金を分け与えた。

狂言を打つだけで一両の四分の一は、若者にとってはよい報酬であろう。三人の、相好《そうごう》が崩れた。

「いいけど、あの女は何者なんで？」

「もう死んじまったけど、憎き町方同心の女房さ」

恨みのこもる口調で、お涼は言った。

むろん音乃の耳に、そんな会話が交わされていることなど聞こえるはずもない。

「あたしは、あの女の先を歩かなきゃいけないので、近道をするよ」

言うと同時に、お涼は速足で歩き出した。音乃が帰る方向を、お涼という娘は知っているようだ。

永代橋《えいたいばし》の、橋上であった。

「……おや、あれは？」

十間ほど先を歩く娘の姿に、音乃は覚えがあった。夕方ともなれば、仕事帰りの職人たちの行き交いで、永代橋も混み合っている。人混みの中に紛《まぎ》れ、音乃はお涼に気づくのに遅れた。

少し速足となってお涼に追いつくと、肩越しに声をかけた。

「怪我はなかった？」

気になっていたので、音乃はそれだけを知りたかった。

「あら……」

お涼の、驚く顔が向いた。

「先ほどは怖くて堪らず……お礼も言わず、失礼しました」

詫びとも礼ともつかぬ、ばつの悪そうな表情であった。

「いいのよ、そんなこと。ところで、おうちはこっちのほうなの？」

「はい。霊巌島《れいがんじま》は、川口《かわぐち》町です」

「あら、わたしと同じ」

「奇遇ですね」

「そうだ、名前を知らなくては話しづらいね。わたしの名は音乃、生まれたときの産声《うぶごえ》が大きかったからそう名づけたと、父親が言ってた」

「おとのさんですか」

お涼の、確かめるような口調であった。

「なんだか、お殿《との》さまみたいな口調」

音乃の返答に、お涼の笑みがこぼれる。

「ごめんなさい。あたしの名は涼……涼しいって書きます。夏生まれだから」

「お涼ちゃんは、いくつ？」

「十八……」

笑うと八重歯がのぞいて、齢《とし》なりにかわいく見える。口元に特徴のある娘であった。目尻が上がり気の強そうな面相ではあるが、気立てはよさそうだ。音乃の、お涼に対する初印象であった。

「音乃さんも、あたしと同じくらい？」

若く見られるのは、世辞でも嬉しい。

「わたしはもう、二十三の年増《としま》よ」

はにかむような笑みを浮かべて、音乃は返した。

「本当ですか？　そんなには見えません」

お涼が首を振って言った。

「川口町なんて、本当に奇遇」

細かく住まいの在り処を聞かなかったのは初対面の礼儀だと、音乃にもそのくらいのたしなみはある。

「でも、お見かけしたことがないわねえ」

「半月ほど前に、引っ越してきたばかりだから」

ご近所さんと知れればよしみも湧く。親しみも、さらに深まるというものだ。

歩きながら話をしているうちに東湊《ひがしみなと》町にある稲荷《いなり》神社の鳥居が見えてきた。稲荷と道を挟んだ向かい側が川口町である。

「あたしの家は、この路地を入った甚平《じんべえ》長屋です」

「こんど、ゆっくりとお話をしましょ。わたしの家にも、遊びに来てね。堀沿いの一軒家ですから。そのあたりで黒い冠木門《かぶきもん》は、うちだけ。分からなければ、ご近所で巽という名を訊いてもらえればいいわ」

「巽さまですね」

音乃から誘うと、お涼は八重歯を見せて笑みを作った。甚平長屋へ入る路地に、お涼の姿が消えるまで音乃は見送った。

疵つけられた墓石をそのままにはしておけないと、翌日になって音乃と丈一郎は、深川の相兼寺へと赴いた。

石屋も現地に呼んで、墓石を見てもらう。

「こういう悪戯ってのは、よくあるのかね？」

「最近になって、ちょくちょくあるんですわ。まったく、どうしようもねえ奴らで……」

石屋は、言葉に怒りを込めるが、表情はさほどでもない。悪戯さまさまと、顔に滲み出ている。

「奴らって、誰だか知ってるのか？」

「とんでもねえ、知るわけありやせんよ。見つけやしたら、こっぴどくぶっ叩いて奉行所に突き出してやりまさあ」

墓石に金釘かなんかで字を刻むなんて、男の腕でだって、目一杯に力を入れなくてはできはしまい。

「やはり、男ってことか？」

「女じゃ、無理でありやしょう。それも、こんな罰当たりなこと、誰もができるってもんじゃありやせんよ。墓荒らしなんて、尋常《じんじょう》な人間のやることじゃありやせんや」

丈一郎の問いに、うなずきながら石屋が答えた。

「尋常な人間でないといいますと……？」

「よほど根性がひん曲がってるとしか、言えねえでしょうよ」

音乃が思っていたことを、石屋も口にする。

「おかしな時代になったものだな。どうもこのごろ、心が鬱屈《うっくつ》している者が多いようだ」

泣き寝入りも仕方ないかと、丈一郎の言葉で話は別のほうに向いた。

「元どおり、きれいになるかしら？」

音乃の問いに、石屋が揉み手をする。

「ええ。このくれえの疵でやしたら、磨くだけですぐにでも消せまさあ。ですが、いくらか……」

「お代なら、いくらかかってもよろしいですわよ」

手揉みをしながらの石屋の言葉に、大した値ではなかろうと、音乃は笑みを浮かべながら高をくくった。

「でしたら、五両ほど……」

遠慮のこもる口調で、石屋が見積もる。

「えっ、そんなに！」

思わず、音乃の口から驚きの声が漏れた。丈一郎をさしおいて、余計なことを言ってしまったと、顔から笑みが消えた。

「すいやせんですねえ。こんな疵でも、荒研ぎから仕上げの磨きまで、けっこう手間がかかるもんでして。それと、これは小松石といって将軍家のご用達《ようたし》にもなるほどの墓石でして。ずいぶんと立派な石で建てやしたねえ」

——すぐに消せると、今言ったばかりなのに。

口に出したいところだが、丈一郎の手前もある。かなり高価と思うものの、墓石をそのままにしてはおけない。丈一郎に顔を向けると、小さくうなずきが返った。

「いや、かまわんからやってくれ」

石屋の言い訳には、丈一郎が返した。

裕福ではないのにと、音乃は心のうちで詫びた。

「かしこまりやした」

音乃は渋み、石屋はにんまりとした顔となった。

三

お涼が巽家を訪れてきたのは、真之介の月命日から六日もしてからであった。月が替わった四月朔日《さくじつ》、正午を報せる鐘が鳴って、四半刻《しはんとき》ほど過ぎたころのこと。

「――ごめんください」

戸口先からかかる声に、出たのは音乃であった。

「あら、お涼ちゃん……」

音乃の脳裏からも、お涼のことは忘れかけていたところである。近所とはいえ、自分のほうから訪ねることでもない。縁があったら、どこかでまた会うこともあろうと、そのままにしておいたのである。音乃にとっては、それほどの気持ちであった。だから、六日も経ってからお涼が訪れてきたことに、音乃はいささか驚きを感じていた。

「いきなり訪れてごめんなさい。すぐにあのときのお礼に来たかったのですが……」

「お礼だなんて、とんでもない」

お涼の言葉を遮《さえぎ》り、音乃は手を振り、首を振った。

「いいえ。あのまま黙っていては、やはり、あたしのけじめがつきません。でも、手ぶらでは来られなくて」

お涼の手に、手提げの籠《かご》がぶら下がっている。音乃の視線が、籠に向いた。

「お礼が遅れたのは、これを採りに日野《ひの》まで行ってたのです」

「日野って、甲州道《こうしゅうどう》の宿場《しゅくば》の？」

「はい。死んだおっ母さんの実家が日野にありまして……高幡《たかはた》不動さんの近く。そこで、こんなものを掘ってきました」

言いながら、お涼が手籠を音乃の足元にさし出した。泥のついた筍《たけのこ》が、目一杯に詰まっている。

「音乃さんに召し上がっていただこうかと……」

「まあ、わざわざ……本当に、いただいてよろしいの？」

ちょっと助けたくらいのことで、ここまでしてくれるとは。お涼の健気《けなげ》さに、音乃は頭の下がる思いであった。返す言葉の、語尾がくぐもる。

「もちろんです。そのために、もってきたのです。いらないなんて、言わないでください」

「ありがたく、いただきます」

手籠ごと受け取ると、ズシリと重い。

「こんなに、重いものを……」

お涼が一人で運んできたのかと思えば、音乃のほうが恐縮して心が痛む。

「いいえ。あたし一人では、とうてい運べません。手伝ってくれる人がいまして……ほかにもってくる物もあり、それと一緒に大八車《だいはちぐるま》で運んできました」

クスリと笑いながら、お涼が言った。

「そうだったの……そうだ、上がってお茶でも」

戸口の三和土《たたき》での立ち話である。音乃からももてなそうと、お涼を誘った。

「いいえ、これから行くところもありますのでまた来ます。そうだ、音乃さんはお針のお師匠さんとお聞きしましたが……」

「よく覚えておいでで。でも、お針の師匠というほどでは。以前に少し、裁縫を教えるのを手伝っていただけです」

先だっての帰る道すがら、そんな話をしたのを音乃は思い出した。

「でしたら、あたしにも教えてもらえないかしら？」

「ええ、よろこんで。いつでも来てくださいな」

「まあ、うれしい。断られるのではないかと、ドキドキしてました」

お涼の顔が綻《ほころ》ぶそこに、

「どなたか来てますの？」

廊下を伝って、律が顔を出した。

「先だってお話ししたお涼ちゃんが、お礼にと来られました」

「まあ、それはそれは……はじめまして。音乃の義理の母で、律といいます。これからもよろしく」

町人娘に対しても、律の態度は低姿勢である。

「こちらこそ、お礼にうかがうのが遅くなりまして……」

「お義母《かあ》さま、お涼ちゃんはわざわざ日野まで行って、筍を掘ってきてくれましたのよ」

手籠に入った筍に、律は目を瞠《みは》った。

「まあ、おいしそうな筍」

「筍は、お義母さまが大好きですものね」

「今が、一番おいしい季節……そうだ、こんなところでお茶もさし上げないで、音乃は何をしてるのです？」

大好物の筍を見れば、律の相好も崩れるというものだ。

「今、お誘いしたのですけど、他所《ほか》にご用がおありとか」

「はい、約束がありまして」

「でしたら、またいらしてくださいな」

「はい。今しがた音乃さんに、お裁縫を習おうとお願いしたところです」

「お涼ちゃんがたびたび来ることになりますが、よろしいでしょうか？」

　律には、音乃からも同意を取りつけなくてはならない。

「ええ、もちろんですとも。何やらご近所さんということ、これからは仲よくやっていきましょうね」

　手放しで喜ぶ、律の返事であった。

　ちょうどそのとき、昼八ツを報せる鐘が鳴り出す。

「急がなくては。手籠は、あとで取りに来ます」

　そそくさとした様子で、お涼は去っていった。

　初夏を感じる、旬の香りが戸口に漂う。

「いい娘さんじゃないの。八重歯がかわいいし」

　泥がついた筍の匂いを嗅ぎながら、律が言った。

「本当に素直でいい娘さん。わざわざ、府中《ふちゅう》の先の日野まで行って採ってきてくれたとのことです」

「ああいった娘《こ》がご近所にいると、町内も明るくなるのよね」

数えると、大ぶりの筍が十本あった。それにほだされたか、律と音乃の、お涼への褒め言葉が止まらない。

「それにしても、義理堅い娘さんですわね。たいしたこともしていないのに」

「何を言いますか、音乃は。無頼たちから娘さんを助けるというのは、並大抵の人ができるものではありません。大方の人たちは見てみぬ振りをするのが、当たり前の世の中です。たいしたことでもないと言うのは、音乃くらいなものですよ」

「そうかしら……」

「ですからわざわざ日野というところまで行って、筍を採ってきてくれたのでしょ。感謝のお気持ちは、ありがたく受け取らなくては」

「それもそうですわね」

音乃と律のやり取りがあって、二人の目が筍に向いた。

「さあこの筍、なんでもって食べようかしら？」

「十本もあれば、いろいろとできますわね、お義母さま。わたしは、筍ご飯が食べたいです」

「煮付けもおいしいわよ」

　筍料理に気持ちが飛んだそこに、ガラリと遣戸《やりど》が音を立てて開いた。

「どうした、そんなところにつっ立って……」

　出先から戻った、丈一郎であった。

「今しがた、お涼ちゃんがお礼をと……」

「お涼とは、先だって音乃が助けたという娘さんか？」

「はい。義理堅くも、お土産《みやげ》持参で……」

「あなた、おいしそうな筍をいただきましたのよ」

「筍の、刺身ってのも旨いぞ」

　ひとしきり、三人の間で筍談義が交わされる。

「そうだ、源三《げんぞう》さんにもお裾分けをしなくては……」

　北町影同心として音乃が頼りにしている、源三に向けての感謝を示す。

「となると、いつも舟で世話になってる船宿の権六《ごんろく》にも分けてやらんとな」

「与力の梶村《かじむら》様にも……」

「そうだな」

音乃の気配りに、丈一郎がうなずく。

「でしたら、お隣にもお分けしなくては。先日、芋《いも》の煮っ転がしをいただいたものですから」

律も口を出し、だんだんと筍が減っていく。

結局、大ぶりなところを二本だけ残し、あとはお裾分けということになった。

米糠《こめぬか》でもって一晩灰汁《あく》を抜き、筍ご飯や煮付けとなって膳に載ったのは翌日の夕飯であった。

「こんな旨いもの、他人《ひと》には食わせられんな」

絶品の味を食したときの、丈一郎の口癖であった。お裾分けで配らず、黙っていればよかったとの後悔が、その顔に表れている。

「あなたはいつも、そんなはしたないことばかりおっしゃいます」

おほほと笑い声をあげながら、律が丈一郎をたしなめる。

二本の筍は二日をかけて、きれいに食べ尽くされた。

「もう少し、食いたいものだな」

丈一郎が、筍に未練を残す。

四

墓の修繕を頼んでから、十日ほどが経った。

その日音乃と丈一郎は、直った墓を確かめるため、相兼寺へと赴いて留守であった。

律は、家に残って夕餉《ゆうげ》の支度に余念がない。夕七ツを報せる鐘が鳴って、間もなくのこと。

芋の煮付けを七輪にかけ、律が煮汁の味見をしているところであった。

「――ごめんください」

「誰かしら……？」

男の声が聞こえ、律は戸口へと向かった。

しかし、遣戸は閉まり誰もいない。おかしいなと思いながらも、律は三和土に目を落とした。

振り分け荷物ほどの大きさの、葛籠《つづら》が置いてある。

「……あら、なんでしょう？」

三和土に下りて葛籠を拾うと、ズッシリと重い。

「ご近所さんが……」

置いていった土産《みやげ》と思い込んだか、律に警戒はなかった。

中身を確かめようと、その場で蓋《ふた》を開けたと同時であった。

「きゃあー」

自らの耳をつんざくような悲鳴をあげると、律は葛籠を放り投げ奥へと引っ込んだ。

部屋に入ると、掻巻《かいまき》の夜具を頭から被《かぶ》りブルブルと震え出す。

煮物を七輪の火にかけているのを忘れるほど、律は恐怖に慄《おのの》いていた。煮物の焦げた臭いと煙が家中に充満するも、律の鼻と目に届きはしない。

「南無釈迦尊言阿弥陀仏　南無しゃか……」

ただひたすら、禅洞宗の念仏を唱えている。

それから、ほどなくして音乃と丈一郎が戻ってきた。

丈一郎が遣戸を開け、

「今、戻った……うわっ！」

奥に声を飛ばすと同時に、丈一郎は驚愕し二、三歩退いた。

「いかがなされました？」

何ごとがあったかと、音乃が丈一郎に問うも土間を指差すだけで声はない。さすがの丈一郎も、声が出せぬほど慄いている。

「こっ、これは！」

数百匹の大ぶりの蚯蚓《みみず》が、土間をのたくっている。一般に、うたうたみみずと呼ばれる、長さが四、五寸ある大ぶりの蚯蚓である。一匹二匹であれば、さほど驚くことはないが、土間一面を覆うほどともなれば、さすがに気持ちが悪い。

目を覆いたくなるような土間の有り様だが、音乃にはそれにも増して気になることがあった。

家の中に、焦げた臭いとともに煙が充満している。

「お義父さま」

音乃は、動転する丈一郎に声をかけた。

「ああ……」

丈一郎も、すでに気を取り直している。

「ここは任せて、音乃は中を見てこい」

蚯蚓を踏まないよう、音乃は気をつけて家の奥へと入っていった。

幸いにも、火は出ていないようだ。煮物の焦げる臭いに、音乃は勝手場へと向かった。

七輪にかかった鍋が真っ黒こげとなって、もうもうと煙を立たせている。もう少し遅ければ、火事にもなりかねない。既《すんで》のところで鍋をおろし、事なきを得た。

「あっ、お義母さまは……」

すぐさま引き返すと、音乃は老夫婦が生活をする居間の襖を開けた。

夜具をすっぽりと被り、中から律の震えた声が聞こえてくる。念仏を唱えているようだ。

「お義母さま、しっかりなさって。わたしたちが戻ったからには、もう安心です」

夜具の上から、音乃は宥《なだ》めるように擦《さす》った。

「おっ、音乃かい……」

律の衰弱した声音が、夜具の中から聞こえてきた。

「怖かったでしょうね」

夜具をめくるも、体を丸めたまましばらく律は立ち上がれないでいる。音乃は、そっと夜具を被せ直した。

音乃が戸口に戻ると、丈一郎が箒《ほうき》で蚯蚓をかき集めている。

「律はどうしてる？」

「気が動転してまして、落ち着くまでそっとしておいてさし上げてます」

「そうか。ここは、わしがなんとかしておくから、音乃は律についててやってくれ」

「かしこまりました」

音乃は律を介抱し、丈一郎は蚯蚓を頭陀袋《ずだぶくろ》に入れると細紐で口を塞《ふさ》いだ。三和土には、一匹の蚯蚓も残っていない。ふーっと一つ大きく息を吐き、丈一郎は家に上がるでもなく、外へと出た。


大川に注ぐ新堀亀島川《しんぼりかめしまがわ》沿いの通りは、いつもと変わらぬ光景である。

丈一郎は通りに出ると、あたりを見回したが怪しい者の様子はうかがえない。丈一郎は頭陀袋をぶら下げ、堀沿いを歩いた。一町ほど行くと『舟玄《ふなげん》』という船宿がある。そこに、以前手下の岡っ引きとして使っていた源三が、今は船頭として働いている。

「巽の旦那……」

丈一郎に声をかけたのは、舟玄の主である権六であった。

「先だっての筍、いやぁ旨かったでやすねえ」

「そうかい、そいつはよかった。ところで、源三は戻ってるかい？」

「小名木川《おなぎがわ》まで行ってやすが、おっつけ戻ると……何か事件ですかい？」

「ああ。また世話になろうかと」

憂鬱《ゆううつ》のこもる口調で、丈一郎が言った。

「さいですかい。なんだか、旦那らしくねえようで。いつものように声音に覇気がねえというか……」

「ちょっと、気の塞《ふさ》ぐことがあってな。おれだって、たまにはそんなこともあらあな」

「そりゃ、旦那だって人の子ですから……おっ、源三の舟がけえってきやした」

堀に目を向けると、源三が猪牙舟《ちょきぶね》の艫《とも》に立って櫓《ろ》を漕いでいる。高橋《たかばし》を潜《くぐ》ってくるのが見えた。四角く鬼瓦《おにがわら》のような厳《いか》つい顔は、遠目からでもすぐに分かる。

桟橋に舟を着け、源三が土手を上がってくる。

「巽の旦那、何かございやしたか？」

丈一郎の顔色に変調が見えたか、会う早々に源三が訊いた。

「ああ。うちに悪戯が仕掛けられた」

源三も、墓が壊されたことは知っている。

「なんですって？　今度はどんな……」

「蚯蚓だ」

「みみずですかい？」

「でっかい蚯蚓が葛籠に詰められ三和土に置いあってな、律がそいつを開けてしまった。腰を抜かして、立ち上がれないでいる」

「そいつはお気の毒で。それで、どこのどいつが？」

「いや、おれと音乃は相兼寺に行って留守をしていてな、その間に仕掛けられた。帰ってきたら、三和土に蚯蚓がのたくっていた。この頭陀袋に入れて片付けはしたが、こいつをどこかに捨ててこなくてはいけねえ。そこで、源三に頼みなんだが……」

「蚯蚓だって、生き物でやすからねえ。どこか、護岸のしてねえ土手にってことですかい？」

「ああ、そういうことだ。鯉《こい》の餌にするにゃ、ちょっと多すぎるんでな」

「ようござんすとも。でしたら、石川島《いしかわじま》の草むらにでも捨ててきやす」

「頼んだぜ。それと、今夜は空いてるかい？」

「へぇ。蚯蚓のことででやすかい？」

　これほどの悪戯が仕掛けられては、黙ってはいられない。本腰を据えようと思い、源三にも一肌脱いでもらうことにした。

「そういうこった。こんな悪ふざけ、絶対に許しちゃおけねえ」

丈一郎の、久しぶりの鬼の形相であった。

「蚯蚓を始末してから、うかがいますわ」

「すまねえな」

頭陀袋をもって源三は舟に乗り、丈一郎は堀沿いを引き返した。


音乃の顔を見て安心したか、律は起き上がれるくらいにはなった。

それでも、まだ顔は青ざめている。

「怖い思いをなされました。留守にしていて、申しわけございませんでした」

「本当に、驚いたのなんの。もう、心の臓が一瞬で止まりそうに……ああ、思い出すのもいや」

声もまだ震えがちである。

「お義父さまがすべて片付けましたから、もう大丈夫です。ご安心なさってください。それにしましても、お鍋が真っ黒……」

音乃は、笑い声を含ませながら言った。蚯蚓から話を逸らせようと、話の先を変えた。

「今夜の夕飯、何も食べるものがないけどどうしようか？」

話題が逸れて、律もいく分元気を取り戻したようだ。声にも張りが出てきている。

「ご飯が炊ければ、おむすびでもにぎりませんか。塩むすびに中身は梅干……」

「そうねえ」

「ならば、一緒にお勝手に行きましょ」

ようやく律を起き上がらせることができて、音乃も一安心である。ほっとしたところに、丈一郎が戻ってきた。

「おっ、二人そろって飯の仕度か……律は、もう大丈夫なのか？」

立ち上がった律の背中に、丈一郎の声がかかった。

「ええ、あれしきのことで。ですが、煮物を焦がしてしまい、今夜は塩むすびで我慢してください」

律が振り向き、丈一郎に言葉を返した。その様子に、安堵するのは音乃も丈一郎も同じであった。

「そうか。ならば、源三の分も作っておいてくれ」

丈一郎は、一切蚯蚓のことは口に出していない。律への気遣いを、音乃は感じ取っていた。

「ならば、一献つけませんと……でも、お酒のあてが何もないわね」

律が、困惑した顔で言った。

「いや、気にせんでいい。源三は、遊びで来るのではないからな」

「さようですか。さあ音乃、仕度をしましょ」

律と音乃が、勝手場に向かおうとしたところであった。

「ごめんください」

聞き覚えのある声が戸口先からかかり、丈一郎が応対に出た。

遣戸を開けて入ってきたのは、北町奉行所筆頭与力である梶村の下男であった。

「主《あるじ》から、急ぎ来られたしとの伝言でございます」

用件までは語らない。だが、丈一郎はすぐに命《めい》が下されると心得ている。

「かしこまりました。すぐに行くとお伝えください」

下男は八丁堀《はっちょうぼり》へと戻り、丈一郎は勝手場にいる音乃を呼んだ。

「梶村様からの、至急のお呼びだ」

急ぎの呼び出しとあらば、何を差し置いても行かなくてはならない。

だが、今しがたの蚯蚓の件もある。律を一人残していくのは気がかりでもある。

五

急ぎというからには、よほど重要な一件と取れる。音乃と丈一郎の二人で赴き話を聞かねば、使命を果たせなくなる恐れもある。だが、

「ここは、おれ一人で行ってくる。音乃は律についていてくれ」

「かしこまりました」

やはり、律一人にはしておけないというのが、丈一郎と音乃の思いであった。

「何を言っているのです、二人とも。あれは、いっときの驚きです」

面相にはまだ不安が表れているも、律は言葉で気丈さを示す。

「律は、そう言うが……」

「私ならもうなんともありません。それよりも、お役目が大事。これでも、鬼同心の妻ですよ」

と、律は言い張る。

「分かった。ここはやはり二人で行くとしようか、音乃」

「かしこまりました。それでは、仕度を……」

音乃が返したところで、またも来客の声が聞こえてきた。

「ごめんください」

戸口先からかかる声は、お涼のものであった。

「あら、お涼ちゃんだわ。私が出ましょ」

律の声には、もう怯えはない。音乃は出かける仕度で、お涼の応対は律に任せた。

「もしよろしければ……昼間掘ってきたものです」

またも、お涼は筍を持参してきた。

「どうも、ありがとう。実を言うと、あちこちにお裾分けして、前のはあまり食べられなかったの」

「やはりそうだと思いました。それなので、あと五本ほど……」

「ありがたいわ。主人が何かもの足りなさそうな顔をして……いえ、はしたない」

おほほと笑う律に、先ほどの衝撃は残っていないようだ。お涼の顔を見て、安心したものとみえる。

律の笑顔に、お涼は八重歯を見せて笑みを返した。

「あれ、何か焦げ臭いですね」

「ちょっと、煮物を焦がしてしまって、今夜のおかずは全滅」

律の返答に、お涼は小さくうなずきを見せた。

「でしたら、この筍で何か作りませんか？」

「でも、灰汁を抜かないと……」

「昼間採ってきたもので新鮮ですから、灰汁を抜かなくても美味《おい》しくできる作り方があります」

「それは、知らなかった」

「お手伝い、しましょうか？」

「ありがたいけど、おうちのほうはいいの？」

「お父っつぁんは、酒を呑んでもう寝てますし、放っておいても……」

「お涼ちゃんがいてくれたら、心強いわ」

気丈さの中にも一抹の不安が残るか、律の本心が言葉になって表れた。

「音乃さんは……？」

「これから、主人と出かけるところなの」

そんなやり取りのところに、丈一郎と音乃が戸口へと出てきた。

「また筍をいただいたのよ」

手籠に入った筍を、丈一郎に向けて見せた。

「そいつはよかった。青屋で買わなくてすんだな」

冗談めかしで、丈一郎が返した。

「せっかく来ていただいたのに、お相手できずごめんなさいね」

音乃の詫びに、お涼の顔にかすかな笑みが浮かんだ。

「いいえ、とんでもない。こちらこそ急に来て……」

「これから、お涼ちゃんに手伝ってもらい、筍で美味しいものを作ろうと思うの」

律の言葉に、音乃はほっと安堵する。

「お涼ちゃんがいてくれたら、安心ですね」

「そうだな。そしたら音乃、出かけようか」

腰に刀を差しながら、丈一郎が言った。

「行ってらっしゃいませ」

律とお涼に見送られ、音乃と丈一郎は八丁堀にある、梶村の役宅へと向かった。遣戸が閉まると同時に、お涼は一歩跨《また》いで式台へと足をかけた。

「奥さまでも、お料理を焦がすことがあるのですね」

廊下を歩きながら、前を行く律の背中にお涼が話しかけた。

「何か、あったのですか？」

「ええ。ちょっと、嫌なことがあって……」

「なんです、嫌なことって？」

「いえ、言いません。お涼ちゃんに話したら、おそらく腰を抜かすから」

「へぇー、そんなに怖いことでしたか。お気をつけたほうが、よろしいかと……これからも、あるかもしれませんし」

「お涼ちゃん、変なことは言わないでちょうだい」

「ごめんなさい」

律のうしろで、お涼が小さく舌を出す。廊下を歩きながらの、二人のやり取りであった。

音乃と丈一郎の、道々の話である。

「こんなことって、初めてですね」

話は、蚯蚓の一件である。

「巽家を狙ってのことか」

「そうとらえてもよろしいかと。ですが、単なる嫌がらせか、深い恨みによるものか、分からないのが気味の悪いところですね」

「恨みだろうがなんだろうが、仕掛けた相手は、絶対に容赦せん」

憤りで、丈一郎の鼻息が荒くなった。

「梶村様のお話がどのようなものか分かりませんが、二つ同時にこなすことになりそうです」

「なんだか、忙しくなりそうだな」

「これからも、どんな悪さが仕掛けられるかもしれん。心してかからんといかんな、音乃」

ふーっと、ため息まじりで丈一郎が返した。

「でも、お義母さまはやはり気丈なお方でございます。そんなことで怖気《おじけ》づいては、とても鬼同心の妻で、閻魔の母親にはなれないとおっしゃってました」

「まあ、気の強いおなごだからな」

丈一郎が苦笑いを浮かべると、そこは梶村の屋敷の門前であった。脇戸を開き、邸内へと入る。玄関先で、下男が二人を出迎えた。

梶村の用部屋で、影同心への密命が下るのが、いつもの成行きである。

奉行所の役人では手に負えない事件が、音乃と丈一郎の双肩《そうけん》に委《ゆだ》ねられることになる。

いく分待たされ、梶村が二人の前に座った。

「急に呼び出したりして、すまなかったな」

「いや……」

「いえ……」

取り込みの最中だったとは言えず、丈一郎と音乃は、深く腰を折って返した。

「このごろは忙しくてな。久しぶりに、早く帰れたものだから……」

いつもなら、切羽詰った物言いでいきなり使命が下《くだ》るのだが、梶村の表情は穏やかであった。

「先だっての筍、あれは旨かった」

普段はのっけから、こんな悠長なことを切り出す梶村ではない。

「それは、よろしゅうございました」

音乃が、いく分首を傾げながら返した。それを言いたいために、呼んだのではなかろう。

「いや、すまん。ところで、今日呼んだのはだ……」

訝《いぶか》しげな二人の気配が、梶村に通じたようだ。

「このたびのお奉行からの、下知《げち》だがな……」

筆頭与力梶村から、北町奉行榊原忠之《さかきばらただゆき》からの命《めい》が下される。

「はい……」

いつものように、かしこまった姿勢で梶村からの指令を聞き取る。

「寺社奉行から、お奉行のところに話が来てな……」

梶村の言葉が、途中で止まった。音乃と丈一郎が、顔を見合わせたのを見たからだ。

「なんだ、心当たりでもあるのか？」

「寺社奉行とお聞きしまして、まさかと思い……」

「墓荒らしのことではないかと」

音乃の言葉に、丈一郎が乗せた。

「いつもながら、二人の勘は鋭いものだ。まさにそれだが、どうしてそのことを……？」

「うちの墓も被害に遭いまして、お石塔に『死ね』と刻まれてました」

「修理代に、五両もかかり……」

余計なことと、音乃は途中で言葉を止めた。

「それは、知らんかった。そりゃ、腹も立つだろうなあ」

笑いを浮かべながら、梶村が言う。憮然とした音乃の表情に、梶村の顔はすぐに真顔に戻った。

「最近、深川のほうの寺で起きていてな……」

巽家菩提寺の相兼寺も、その中に入る。

「なんとかしてくれと、住職からの訴えが、寺社奉行所に届けられたのだな」

相兼寺の和尚の訴えが効いたのだと、音乃は小さくうなずきを見せた。

「だが、面倒臭いのかなんなのか、寺社奉行所では動かない。そんな話を聞き及んだうちのお奉行が、北町奉行所でなんとかすると言い出した。本来、町方役人は神社仏閣は管轄外だというのに。それをお奉行に申し上げたら、丈一郎と音乃がいるではないかとおっしゃられてな、なるほどと思った。巽家も被害に遭ったのなら、都合がよいではないか」

さして大物が絡む事件ではなさそうだ。梶村の口調に、切羽詰ったものが感じられなかったのはそのためかと、音乃には得心できた。

「今、墓荒らしが出没しているのは、深川だけですか?」

音乃の問いに、梶村がうなずく。

「ああ、そうらしい。今のところ相兼寺と妙善院《みょうぜんいん》の二寺だけだが。被害が他所《よそ》に広がる前に、不届き者を捕まえてくれればありがたい」

梶村が言った二つの寺院は、土塀の仕切りでもって隣り合っている。

両方の寺を合わせ、今のところ十基ほどの石塔が倒されたり、外柵が壊されている
と梶村は告げた。

「あまり大きな事件ではないが、お奉行からの命《めい》だ。よろしく、頼む」

「かしこまりました」

墓荒らしの探索を引き受け、その帰途であった。

「あまり大きな事件でなくて、よかったな、音乃」

これならば、巽家に仕掛けられた嫌がらせと両立できると、丈一郎は思っていた。

「はい。ですが、けっこう厄介なものと……」

歩きながら、音乃と丈一郎のやり取りである。

「厄介というと……？」

「北町奉行ともあろう榊原様が、墓荒らしなどのことで寺社奉行様に口を挟みますで
しょうか？　それでなくても、面倒な事件をたくさん抱えていると申せましょうに」

「なるほど、一理あるな。さすが、音乃だ。そこまでは、おれも読めなんだ。これに

は、何か裏があると音乃は言うのか？」

「謎掛けの多いお奉行様ですから、このたびも何か大きなことが絡んでいるのではないかと……」

「梶村様にも、言えぬような事であろうか。そうとらえたほうがよさそうだな」

丈一郎の話に、音乃は小さくうなずく仕草をした。

「お寺のほうは、とりあえずわたし一人で探《さぐ》ってみることにします。巽家《うち》のお墓の一件もございますし」

「ならば、任せるとするか。おれは、蚯蚓のほうを引き受ける」

蚯蚓の一件は、私事と梶村には黙しておいた。

路上での打ち合わせで、とりあえずは役割を分担することとなった。

梶村のところは四半刻の滞在で、暮六ツまでにはいく分残すころであった。

六

音乃と丈一郎が出かけてほどなく、巽家では――。

「採ってきたばかりで、泥だらけ。洗ってこなくて、ごめんなさい」

「いいのですよ。かえって、新鮮というものです」

律とお涼の間で、実の母娘のような会話が交わされていた。

五本の筍を調理しようと、準備が進められている。竈《へっつい》で大釜に湯を沸かし、筍の皮を剝《は》がなくてはならない。

下処理は、井戸端でおこなう。井戸は勝手口の外にある。律は、手籠ごと井戸端にもっていき、一本ずつ筍にこびりついた泥を洗い流し、皮を剝ぐ。出刃包丁とまな板も用意してある。

お涼は釜に湯を沸かし、下茹での準備をしながら外の様子をうかがっていた。

筍は、先の部分を斜めに切り落とし、全体に切り込みを入れれば皮が簡単に剝《む》ける。律は、その行程に従って仕込みをはじめた。

四本目の、一番大ぶりな筍を手にし、泥を洗い流す。ここまでは、何ごともなかった。

先端を切り落とし、根元まで切り込みを入れて皮を剝いだところで、突然律の様子がおかしくなった。

「あっ、あわっあわっっ……」

衝撃が、瞬時にして律の腰を抜かせた。

地べたに座り込み、立ち上がることもできずにいる。口からは泡を吐き、声すら発せられない。顔面が蒼白となって、目が真っ赤に血走っている。助けを呼ぼうとするも、声がかすれるだけだ。

お涼は、家の中からその様子をしばらく眺め、ようやく動き出す。おもむろに草履《ぞうり》に足を載せ、律に近寄ったときは慌てる素振りとなった。

「おっ、奥さま……どうなされました？」

お涼が駆けつけたとき、律はもはや虚ろであった。目はあらぬほうに向いている。

口から泡を吹き、律の意識は飛んだ。

「みっ、みみみみみ、みみ……」

お涼が井戸の流しに目を向けると、一匹のうたうた蚯蚓がのたくっている。

「駄目が押せたわ……」

お涼は小声で言うと、蚯蚓を指でつかみ庭に向けて放った。

その、すぐそのあと――。

「どうかしたんかい？」

背中から声がかかり、お涼はドキンと心の臓を鳴らし、驚く顔を振り向けた。四角い鬼瓦の面相をした源三が、顔をしかめて立っている。

お涼が土下座し両手をついた。

「おっ、奥さまが……」

源三に担がれ、律は部屋へと運ばれた。夜具が敷かれ寝かせられるも、卒倒した律の意識は戻っていない。

「旦那と音乃さんは、どこに行ったい？」

源三とお涼は、このときが初対面であった。お涼の素性を確かめるのももどかしそうに、源三が問うた。

「出かけると言って……あたしが聞いたのは、それだけです」

「……ならば、与力様のところか」

源三の呟きが、お涼の耳に届いたようだ。はっと驚く顔が、源三に向いた。

「どうかしたかい？」

「いえ。音乃さんたちはいつお戻りになるのかと……」

「分からねえな。ところで、あんたは？」

「はい……」

お涼が経緯を語った。

「あんたが、お涼ちゃんだったか。そいつは、すまなかったな」

お涼のことは、筍をもらったときに聞いて名は知っている。ようやく源三の顔が柔らかみをもった。

「奥さまのご容態は……？」

お涼が、心配げに問うた。

「意識は飛んでるけど、いっときよりは、心の臓の鼓動も落ち着いている。念のため、源心《げんしん》先生……って知ってるか？」

「はい、お医者さんですね。あたしが急いで行って、呼んできます。家に戻らなくてはいけないので、そのまま帰りますが……」

用が済めば長居は無用である。むろんそんな思いは、お涼の表情からは、微塵《みじん》もうかがえない。

「ああ、そうしてくれ。ご苦労だったな」

源三が看病し、お涼は巽家をあとにした。

間もなく医者の源心が駆けつけてきた。源三と源心、似たような名が律の寝床を挟んで向かい合った。

「どうですか先生、奥さまの容態は？」

「何があったか分からんが、よほどの衝撃で気を失ったのだろう。今のところ脈も呼吸も安定してるから、心配はないだろうが、目覚めたときの気煩《きわずら》いがいささか気になるところだ」

「左様ですかい。それにしても旦那と音乃さん、いつになったら帰ってくるんだか？」

「お二人は、出かけてるのかね？」

「ええ。おそらく、よ……」

源三の口が止まったのは、与力とはみなまで出せないからだ。

「さてと、困った」

報せを出したいが、この場を離れることもできない。どうしようかと、源三が悩んだところで遣戸が開く音がした。

源心は、律の容態と今後の処方を語り、気を落ち着かせる薬を置いて帰っていった。

「こんなことになっているなんて……ごめんなさい」

律の寝顔を見つめながら、音乃の目から涙が滴《したた》り落ちた。

「お涼という娘がいなかったか？」

丈一郎が、訝しげに問うた。

「ええ。いてもらったおかげで、助かりやしたぜ。源心先生を呼んできてくれやした し。用事があると、そのまま家に帰りやしたがね」

源三が、淡々と答えた。

「でも、なんでこんなことに？」

音乃が、鼻を啜りながら問うた。

「お涼って娘の言うことには……」

源三が、お涼から聞いた経緯を語った。

「井戸端で、腰を抜かしたって？」

丈一郎の声を聞いて、音乃はすっくと立ち上がった。

外は、いく分の明るさが残っているが、もの陰は闇のように暗い。音乃は明かりを灯した提灯《ちょうちん》を手に、勝手口から外へと出た。井戸端には、筍の下処理が途中のままで放り出されていた。

「……筍の皮を剝いていた最中に、何か起きたのね」

何があったかまでは、源三もお涼からは聞いていない。

「……気を失うほど、お義母さまにとって恐ろしいこと」

呟きながら、音乃の頭の中は巡る。すると、目に入ったのは、まだ泥を洗い落としていない一本の筍であった。

「泥つきということは……」

独りごちると、音乃は井戸端の周囲に提灯の明かりをあてて探った。

「これは……」

暗がりに生えた雑草の中に、一匹の蚯蚓がのたくっているのが明かりの中に浮かんだ。

「こいつか。でも、なんでこんなところに?」

律の指に触れ、堪らず放り投げたものと、そのとき音乃は推察していた。

音乃が部屋に戻ると、律の目が開いている。

「お気づきなされて……」

ほっと安堵の涙が、音乃の目から再び滴《したた》り落ちた。

「音乃。あたしゃ、驚いたよう」

声に力はないが、何よりも口を利けるのが、律を取り囲む三人を安堵させた。

「お涼ちゃんは?」

律の目が、お涼を探している。

「お医者さんを呼んでくれて、もう帰りました」

「そうだったかい」

ここで律に、いろいろ聞き出すのも酷《こく》である。音乃は、庭で見てきたことを黙し、しばらくは律の看病についた。

源心が置いていった薬を飲ますと律の気持ちも落ち着いてきたようで、再び眠りへと入っていった。

律の寝ている姿を見ながら、音乃は、巽家の嫁から北町影同心へと気持ちを切り替えていた。

「このままにしておいて、いいだろう」

律の目の閉じ方は気絶ではなく、薬が効いたものである。丈一郎の言葉で、三人は、隣の仏間へと移った。

「源三さんも、おなかが空いてるでしょう。おむすびを作ってきます」

めしは炊《た》けている。音乃は、塩むすびを八個作って仏間へと戻った。

真之介の位牌を祀《まつ》ってある仏間で、音乃と丈一郎、そして源三は三角の形で座った。

律の意識が戻り、安堵した三人に食欲が出てきたようだ。

無言でむすびを食し終わり、それからの話となった。

「蚯蚓は、石川島の土手にうっちゃってきやした」

「ご苦労だったな。ところで、律はなんでこんなことに……？」

声が隣部屋に通らぬように、三人が前屈みになっての小声である。

「またも、蚯蚓を見たようでした」

音乃が、井戸端の様子を語った。

「お涼がもってきた筍に、蚯蚓がくっついていたというのか？」

「泥だらけの筍を洗っていて、それが指に触れたようです」

「あんなものを見せつけられたすぐあとなら、誰だって腰を抜かすだろうよ。普段は、蚯蚓の一匹くらいで、動じるおなごではないからな」

丈一郎が、三和土での有り様を思い出して言った。

「どんなに気丈な奥さまだって、ひとたまりもありやせんや」

「留守をしたために、怖い思いをさせてしまいました」

「いや、音乃。そうは思わないでいい。使命が下ったばかりだ。これからも、おれたちは留守がちになる。こんなことくらいで憂いていたら、とても影同心など務まらんぞ」

「ですが、お義母さまのことが心配です」

音乃が案じた、そのときであった。

「よろしいかしら？」

襖《ふすま》越しに律の声が届いた。

「おや、律か？　いいから、開けなさい」

丈一郎の返しと同時に、襖が音もなく開いた。律に衣類の乱れはなく、身繕《みづくろ》いもきちんと直っている。

「起きて、平気なのか？」

「はい。あのくらいのことで、卒倒した私が情けないです。ご心配をおかけいたしました」

「もう少し、寝ていらしたほうが……」

「気を遣わなくていいのですよ、音乃。もう、どうということはありません。私も影同心の一員のつもりです。あのくらいのことをいつまでも引きずっていては、とても閻魔の嫁の、姑《しゅうとめ》は務まりません」

「奥さまの気丈なところを見やして、あっしもひと安心しやした」

「源三さんにも、ご迷惑をおかけしました」

「迷惑だなんて、とんでもありやせん」

顔色もよくなり、言葉もしっかりしている。律の立ち直りの早さに、三人は救われる思いとなった。

おまえもいてくれと、丈一郎の言葉で律も加わり、四人が車座となった。

「ちょっと律に訊きたいのだが……」

「はい」

丈一郎の問いに、律が居住まいを正した。

「蚯蚓のことだが……」

丈一郎の語りかけで、律の顔からサッと血の気が引いた。

――どうともないと言っても、やはりまだ引きずっている。

向かいに座る音乃には、はっきりと律の不安が見受けられた。音乃が、ハラハラして律を見やるも、夫婦の間には口が挟めない。

「あの葛籠が届いたときの、様子を聞かせてくれんか」

「はい。あなたと音乃がお寺から戻る四半刻ほど前、男の声で『ごめんください』と

「……」

律の気丈な声音で、音乃の不安は打ち消された。このへんの呼吸は、さすが長年連れ添った夫婦と、音乃には思えた。そのやり取りを、音乃は黙って聞くことにした。

「たしかに、男の声だったのだな？」

「ええ。男と女の声ぐらい、聞き分けることはできます」

「それで……？」

「出てみると、三和土に小さな葛籠が置いてありまして……」

「何も警戒せんで、蓋を開けたのか？」

「はい。私の迂闊《うかつ》でした」

「土間の様子を見て律の驚きようは分かったが、そんな中でも、気づいたことはなかったか？」

「いえ、申しわけございません。だらしのないことに気が動転するばかりで、すぐに部屋へと引っ込み……」

掻巻を被って律がブルブルと震えていたのは、音乃も目にしている。

「それと、さっきの井戸端の件は？」

「筍の泥を洗ったところまでは覚えているのですが、その後はまったく……気が動転するとき、何もかも忘れるものですね。気がつくと、夜具の中でした」

「そのとき、お涼は……？」

「そうだ、お涼ちゃんのこともすっかり忘れてた」

音乃の問いに、律は物を探すように部屋の中を見回した。

源三のほうが、経緯に詳しい。

「あっしが勝手口に駆けつけると、あの娘さんが奥さまを介抱してやして。源心先生を呼べたのも、娘さんがいてくれたおかげですぜ。用があると、そのまま帰りやした」

見たままのことを、源三は語った。

「お涼ちゃんに、感謝しなくては……」

「ああ。今度来たら、おれからも礼を言わんといかんな」

音乃の言葉に、丈一郎が返した。

誰も、お涼を信じて疑わない。泥箔の皮の中にもぐっていた蚯蚓の件は、偶然のこととしてこの場はしまわれた。

七

嫌がらせとはいえぬ所業に、音乃の目尻はまだ吊り上がっている。

「やり口が、酷《ひど》いですね」

「まったく、愚劣な奴らで……巽の旦那には、まったく覚えがないので？」

「いや。おれが定町廻りになったところから思い起こせば、いくらでも怨みは買っているだろうよ。それは、源三だって同じことだぞ。むしろ、手荒な真似をして咎人《とがにん》をふん縛っていたのはそっちのほうだからな。怨みは、源三にも向いていいはずだ」

「脅かさねえでくだせえよ、旦那。うちのかかあにあんなことをされたら、心の臓が止まってやすぜ」

源三が、厳《いか》つい顔を歪めて言葉を返した。

「冗談だから、気にするな。それにしても、墓荒らしと因縁か。難儀なことになったもんだ」

両方の事柄が同時に降りかかり、丈一郎がうんざりとした口調で言った。

「ところで、旦那。なぜに、先ほどは留守にされてたんです？」

「そうだ、源三にも話しておかなくてはいかんな。梶村様のところに呼ばれてたのだ」

「やはりでしたかい」

源三の、得心するうなずき方であった。

「また、どえらい事件でも……？」

「それが、そうでもなくてな。墓荒らしのことは、先だって話をしたよな」

「へえ。余計な金がかかるって、こぼされてやしたねえ」

「その墓荒らしなる、不届き者を捕まえろというのが、お奉行からの下知でな」

丈一郎が、下された密命を律にも聞こえるように、源三に向けて語った。

「それってのは、寺社奉行の管轄ではございやせんので？」

「北町奉行の榊原様が、あえて引き受けたのだそうだ。だが、寺社内相手なのでな、町方が入れず、おれと音乃に命《めい》が下ったってことだ」

「左様でしたかい。北町のお奉行様が……」

顎《あご》に手を当て、源三の考える仕草となった。

「今のところ、源三の手を煩《わずら》わすことはないだろ」

裏に何かあると感じてはいるものの、はっきりしたことは分からない。ここではまだ話す必要はないと丈一郎は黙したが、源三は何かを感じ取ったようだ。

「しばらくは、わたし一人で探ってみようかと思っています。お義父さまは……」

と言ったところで、音乃は律を見やった。

「私は平気です。話をおつづけなさい」

「お義父さまは、蚯蚓の件で動こうということになりました」

「どちらを手伝えば、よろしいでしょうかねえ？」

「源三は、とりあえずそのことだけ頭に置いといてくれ。いずれも、何か分かったところで声をかける」

「かしこまりやしたぜ」

手ぐすね引いて待っていると、源三が袖をたくし上げて言った。

翌日の早朝、まだ明六ツ《あけ》にはいくらかのときを残す。

悪天候でもない限り、体の鍛錬は怠っていない。この日も好天をもたらしそうな、陽の昇り方であった。

音乃が丈一郎よりも早く起き、朝の修練で庭に下りたときのこと。

「あれ……？」

何かおかしい。朝ぼらけの中で、音乃は瞬時に庭の異変に気づいた。

鉢置きに載っている盆栽の松が、一鉢倒れている。丈一郎が、丹精込めて剪定し直した、一番お気に入りの鉢植えであった。

無残にも瀬戸焼の鉢ごと壊されている。

「うわっ！」

音乃が驚いたのは、それだけではない。壊された鉢の泥の中に、数匹のうたうた蚯蚓がのたくっていたからだ。

とにかく、丈一郎を起こさなくてはならない。

「どうかしたか、音乃？」

音乃が動こうとしたところで、背中から丈一郎の声がかかった。

「お義父さま……」

音乃は顔を鉢置きに向けている。丈一郎が、音乃の視線の先を見やった。

「こっ、これは！」

丈一郎の、目が吊り上がった。柔和な面相が、一瞬にして鬼の形相と化する。

「嫌がらせが、またも……」

「同じ者の仕業で、間違いございませんね」

確たる証しは、のたくる蚯蚓である。

「きのうのことといい、嫌がらせにしては度が過ぎている。この手の輩《やから》はけっこう厄介でな、姿を見せんで悪さを働く。だいいち、こんなことをする、理由《わけ》が分からんところが実に不快だ」

「いったい、誰が……？」

「武士でないのは確かだな。もし遺恨があったとしても、骨のある者なら盆栽などに目は向けけん。一刀両断にしようと、刃を向けてかかってくるはずだ」

「そうしますと、町人……？」

「その線が強い」

ふーむと、大きな息を吐いて丈一郎が言う。

「そうだ。囲碁道場に昔の同心仲間が来ていてな、みな暇をもてあまして盆栽にもうつつを抜かしている。そいつらにも訊いてみようと思ってる」

「異家《うち》だけに向けられた、遺恨ではございませんので？」

「一応は、無駄であっても当たってみるのが鉄則だ」

「他所《よそ》でも、同じ被害があるかどうかですね？」

「ああ、そういうことだ。他所で何も起きていなければ、探索は自分のところ一本に絞れる。急がば回れってやつだ」

丈一郎が、探索の常道を語った。

「これは、わたしたちへの挑戦とみてよろしいですね」

「ああ、そうだな」

「でしたら、受けてやろうじゃありませんか！」

音乃は、自分自身を鼓舞し気合を込めた。


その日の午後になって、音乃は独りで深川に赴いた。

音乃は、髪を娘島田に結い直し、濃紺の生地に井桁《いげた》の小紋が抜かれた小袖を纏っている。町屋娘の姿だが、地味な色にしたのは、多少汚れても目立たないという、心積もりであった。この恰好だと、音乃は二十歳前に見える。

まずは、相兼寺に行って住職を訪ねた。むろん、北町奉行所のことは、おくびにも口に出さない。

武家の後家である音乃の若作りを、住職は見てみぬ振りをして一切口にはしない。

「まったくもって不可解な出費、やはり腹が立ってなりません。どうしても、墓荒らしを捕まえませんと、間尺《ましゃく》に合いません」

住職に向けて、音乃が憤りを口にして、探索の理由をつけた。

「ならば、音乃さんが墓荒らし狩りに乗り出すとでも？」

「はい。これでも、閻魔の女房です。夫の代わりに、不心得者をとっ捕まえてやります」

「音乃さん、独りでですかな？」

「和尚さま。こう見えましてもわたくし、柔術と剣術は免許皆伝の腕をもっておりますのよ」

「それは頼もしい。寺社奉行は動かず、町奉行所は管轄外と頼りにならぬ。ここは、音乃さんに頼むといたしますかな」

音乃の秀でた才覚を、知ろうはずもない住職の半分本気、半分疑う顔であった。

「墓荒らしは当寺以外にも、隣の妙善院でも遭っておってな……」

「墓荒らしのことで、気づいたことございませんか？」

前にも訊いたが、音乃は膝を整え改めて問うた。

「いや。だが、たしかに言えるのは、日が落ちて暗くなってから荒らされるようだ。墓地も広いのでな、声や物音は庫裏まで届かん」

それと同じ答は、前にも聞いた。以前はそこで引いたが、この日は本格的な探りに入る。その手伝いに、小坊主の朴念《ぼくねん》をつけてくれた。

墓地に入り、朴念が先を歩いた。

「このお墓が、荒らされてます」

朴念が指差す墓の、石塔が倒されている。

墓誌を読むと『明和《めいわ》二年建立《こんりゅう》』と書かれてある。およそ六十年前に建てられ、一番新しい仏は『六左衛門《ろくざえもん》　享和《きょうわ》三年没　享年五十二』と、刻まれていた。

――お義父さまと同じ齢。

このとき音乃が思ったのは、この程度のことであった。

「薬問屋さんのお墓です」

朴念が、一言添えた。それから五か所ほど荒らされた墓所を巡った。そこでは手がかりなるものは、何も見つからない。ただ一つだけ言えるのは、墓石に刻まれた悪戯は巽家だけということだ。

十歳をいくらか過ぎたあたりの朴念は、音乃の胸ほども背丈はない。

その顔が上を向き、音乃と視線が合った。

「ところで音乃さん……」

「なあに？」

「おといの夕暮れどき、お墓の奥のほうで変な声が聞こえてました」

朴念の言葉は、音乃には初耳であった。しかし、十歳の朴念はそれが重要なこととは、とらえてはいないようだ。

「変な声って……？」

「男の人と女の人が交じった、奇妙な笑い声でした」

「ふーん」

音乃は腰を落とし、朴念の視線に高さを合わせた。

「なぜに、今まで黙っていたの？」

「もう幽霊かと思い、そのときは怖くて怖くて……それを言うのが、恥ずかしかったからです」

一月《ひとつき》ほど前も、芝《しば》は愛宕山下《あたごやました》の東本龍寺《ひがしほんりゅうじ》の事件と、音乃は関わりがあった。そのときも珍念《ちんねん》という小坊主が役に立ってくれた。音乃は目の前にいる朴念に、珍念の顔が重なった。しかし、五歳の年齢差は気の利かし方という点では、いかんともしがたい。

「声がしたって、どっちのほうからだか分かる？」

「こっちのほうです」

朴念が、墓地の奥へと案内をする。

広い墓地のつき当たりは、竹林となってさらにその奥は土塀で囲まれている。妙善院との、境を成す壁であった。理由《わけ》もなく人が入り込むところではない。ここまでくれば、多少騒いでいても庫裏までは声が届かぬだろう。

「どのへんで、声がしてたの？」

「いえ、そこまでは分かりません」

朴念が、あたりを見回しながら言った。

この数日、雨は降っていない。

音乃が、地面に目を向けて歩くと、数人の足跡があった。足底の形から、三人と見られる。ただ、女の足跡はそこにない。みな、男が履く雪駄《せった》のようだ。

「……ここね」

広さが四畳半ほどの、地べたがむき出しの個所があった。注意深く探ると、地面で何かを燃やしたような跡がある。割り箸ほどの細さの、焦げた木片が数本散らばっている。

「ここで火を燃やしたのか」

焚き火ではない。足で踏み消すことができるほどの、小さな焼け跡であった。

「いったい、なんなの？」

放火とは異なるようだし、花火とも違う。得体の知れぬ火遊びに、音乃は大きく首を傾げた。

音乃には、その焼け跡がなんのためなのか、分かろうはずがない。ただ、朴念が言っていた、男女の奇声と関わりがあるのは確かである。

――でも、足跡からは、女がいたようにも思えない。

そこが音乃にしても、不思議であった。

「……墓荒らしとも、関わりがあるのかしら？」

まだそこまでは、断定できない。

音乃が呟いたところで、壁沿いを歩いていた朴念から声がかかった。

「音乃さん……」

朴念が、何かを拾ってきた。

「こんな物が、落ちてました」

朴念の手に、紙片が握られている。それが、三枚ほどある。いずれも、四寸ほどの真四角の油紙であった。音乃には、それが何か、一目《ひとめ》で判別できた。

「これは、薬を包む紙ね」

多少泥がついていたが、指で擦《こす》るだけで、すぐに汚れは落ちた。折り目どおりに折り直すと、五角形の形状となった。薬の残りや、臭いまではうかがえないが、薬を包む油紙に間違いない。

「……こんなところで、誰が何をしていたのかしらん？」

音乃は、とんでもないいきな臭さを感じたが、それが何を意味するのか、今のところは分からない。

「朴念さん……」

「はい」

「このことは、まだ和尚さんに黙っていてくれる？」

「音乃さんがそう言うのでしたら、そういたします」

「ありがとう」

油紙を袂《たもと》にしまい、音乃は数人の足跡を辿った。しかし、墓地のほうに向かった形跡は、そこにはない。

妙善院と隔てる土壁に朽ちかけたところがあり、一か所、這いずればようやく人一人が通れるほどの穴が空いている。足跡は、そこにつながっていた。

「ここから出入りしてたのか」

音乃はふと上を見やると、妙善院の孟宗竹《もうそうちく》がせり出している。

「この裏は、妙善院さんの竹藪です」

這いつくばって、音乃は穴から隣をのぞくと、鬱蒼とした竹林で昼なおの暗闇がつづいている。音乃が潜ろうとしても、帯がつっかえそうだし着物が泥だらけになりそうだ。

妙善院側に回ってみることにした。

「朴念さん、妙善院に案内してくれる？」

「はい……ですが……」

朴念が、もじもじしている。

「和尚さんにならわたしが言っておいてあげます」

「いえ、そうじゃなくて……」

朴念は、何かに恐れをなしているようだ。

「幽霊でも、怖がっているの？」

「いいえ、とんでもない。幽霊なんかじゃありません」

朴念は大きく顔を振った。

「だったら、蛇……？」

「いいえ、そんなもんじゃないです」

「朴念さんは、いったい何が苦手なの？」

「あたしが、世の中で一番嫌いなのは……」

「嫌いなのは？」

「蚯蚓なんです、恥ずかしながら」

「えっ！」

音乃の背筋に、ゾクッとした衝撃が走った。

「それも、うたうた蚯蚓といってでかい奴。裏の竹藪には、そんなのがうじゃうじゃいまして……」

「竹藪の中に入らなくていいから、案内して」

音乃の思いつめたような顔に、朴念が仕方なさそうにうなずいた。

第二章　危険な薬物

一

鬱蒼《うっそう》と茂る妙善院の竹藪に、音乃は一人で入っていった。

妙善院の敷地は広く、竹藪も相兼寺よりも数倍深い。十間《けん》も奥に入ると昼の日差しは遮《さえぎ》られ、あたりはうす暗くなった。滅多《めった》に人が入らぬところで、道などはついていない。うっかりすると、方向すらも失いかねない。

「……こんなところに、よく入っていけるわね」

滑《すべ》る足元を気にしながら、相兼寺との塀を目指す。さらに、五間ほど奥に入ったところであった。

ガサゴソとした物音が、音乃の耳に聞こえたと同時に、心の臓がドキンと大きな鼓動を打った。

いきなり音乃の前に、黒い影が立ち塞がったからだ。

「うわっ！」

音乃の驚きが竹林に響き渡り、雀《すずめ》が数羽飛び立つのが見えた。

「こんなところで、何をしてんだ？」

六尺近くも上背のある大男の手には、長い柄《え》の得物《えもの》が握られている。驚愕しながらも音乃は、素手でもって身構えた。

「最近寺で悪さをしてやがる、馬鹿奴《やつ》らだな」

反論する間もない。

男は言うなり長尺の得物を上段で構えると、間髪容《かんはつい》れずに音乃の頭上に向けて振り下ろした。殺気を感じた音乃は、既《すんで》でもって一歩足を引いて相手の一撃を躱《かわ》す。音乃でなければ、脳天をかち割られていたことだろう。目の前を通り過ぎた得物は、刀剣ではなく農具の一種のようだ。

男から、二次の攻撃はない。代わりに言葉となって出た。

「女のようだけど、仲間はいねえのか？」

ぼんやりと、人影だけが感じられる暗さである。面相までは見て取ることは互いにできない。

「今しがた、寺で悪さをしている馬鹿奴らと言いましたね？」

音乃の声は、落ち着きを見せている。

「ああ、言ったが」

「あたしも、そいつらを探していましてね。でなければ、こんな薄気味悪いところに入ってはきませんよ」

「だったら、なんで入ってきやがった？」

「お隣の相兼寺さんとの……」

「塀に穴が空いているだと？」

「おかしな者たちがこの竹藪から出入りしているようで、その痕跡を探っていたのです」

男が先に歩き、相兼寺とを仕切る土壁まで来た。小さな穴には、人が這いつくばって出入りした跡が残っているが、ほかに、目ぼしい物は落ちていない。

壁の穴を見ながら、音乃は思った。

――墓荒らしをする者が、こんなところから出入りするだろうか？

よしんば出入りしたとしても、とても正常な精神の持ち主ではないと、音乃は感じ取っていた。

「……ここは、塞いでおかねえといけねえな」

男の呟きであった。

明るいところまで出て、ようやく相手の容貌が見て取れた。

音乃を襲った得物は、筍《たけのこ》を掘る鍬《くわ》であった。四十前後の大男は農夫の恰好で、背負われた鉄砲笊《てっぽうざる》には、掘り起こされたばかりの筍が詰まっている。

――このところ、筍と蚯蚓に縁がある。

音乃がふと思ったところで、朴念の声が耳に届いた。

「作造《さくぞう》さん……」

竹藪の外では、朴念が待っていた。二人を見るなり、朴念は男の名を呼んだ。

「朴念じゃねえか。なんで、こんなところに……?」

「この方を案内して……」

作造とは、相兼寺と妙善院の両寺が臨時で雇う寺男であった。五日に一度の割で、主に墓地の清掃などを手懸け、この日は妙善院の住職から筍掘りを頼まれていたという。

音乃との面識は、このときが初めてであった。

「暗いところじゃ、こんな別嬪《べっぴん》な娘さんだとは思えなかったな」

「危うく、脳天を割られるところでしたよ」

「すまんかった。墓荒らしだと思い、ついかっとなってしまったんよ」

作造から話が聞けそうだ。

「実は……」

音乃は、最初から経緯《いきさつ》を語った。

「墓石に悪戯《いたずら》されたってか。そりゃ、頭にくるだろうよな。だが、墓荒らしは誰の仕業かまったく分からねえ」

お手上げといった仕草で頭を振るも、

「相兼寺の墓場で、何かを燃やした跡があったってか……」

考える風にして、作造が言った。

「何か、心当たりでも……？」

「いや、そうじゃねえけど。朴念が聞いた奇妙な笑い声ってのが、気になってな」

「気になるとは、どんなことでしょ？」

「先だって、八丁堀の檀家に用足しに行った帰《けえ》り、ちょっと疲れたんで一休みしようと、黒江町《くろえ》の茶屋に立ち寄ったんだ。うっかり入ってしまったら、そこは変な茶屋でな、男と女が甲高《かんだか》い声を出して笑い転げているんよ。ここは、おれの来る場所じゃねえと思って、茶も飲まねえですぐに出てきちまった」

たった、それだけのことである。朴訥《ぼくとつ》そうな作造にとっては、肌の合わない店だったのだろう。それが、朴念が聞いた笑い声と結びつくとは、即座には思えない。

「なんていうお店なのですか？」

せっかく語ってくれた作造に、音乃は義理立てのつもりで訊いた。

「いや、なんて店か忘れた。艶《いろ》っぽい、紫のぼかしの暖簾《のれん》に誘われたんだが、俺みてえな田舎もんでがさつな野郎が一人で行くところじゃねえと、一歩入ったところで思ったよ。ありゃ、若い男女が……」

「……黒江町か」

行ってみても損はないかと、音乃は思った。

「それじゃ、朴念さん行こうか」

作造からは、他に得るものはなかろうと歩き出したところで、

「ちょっと待ってくれ」

作造から声がかかった。

「そういえば……」

「何か、思い出したことでもございます?」

「墓の悪戯と関わりあるかどうか、半月ほど前相兼寺にいたとき、男から訊かれたことがあったな。ところであんたのところの姓はなんていうんだい?」

「巽と言いますが……」

「そうだ。確かに、たつみと言っていた。その墓はどこだと、訊かれたことがある」

「なんですって?」

どうしてそれを先にといきり立ったものの、音乃は表情を元へと戻した。作造を責めても仕方ない。

「巽家の墓ならおれも知っていた。先々月の二十五日前後に、法事をしなかったかい?」

「ええ、しましたが……」

「新しい花が手向《たむ》けてあったので、巽家の墓は分かっていた。墓参りのようで、怪しい素振りもなかったので教えたが……」

「どんな男でした?」

「若い奴で、額に黒子《ほくろ》があったのを覚えているな」

音乃は、心の臓の鼓動が高鳴るのを感じた。

「ほかに連れは？」

「いや、いなかった」

音乃が速足で歩き出すのを、朴念が追った。


妙善院から出てきた音乃の着物の裾は、泥で汚れていた。

さもあろうと黒っぽい着物を着てきて、汚れは目立たないものの、白足袋《たび》と草履《ぞうり》は泥だらけである。相兼寺に戻り、女ものの白足袋を和尚から譲ってもらい、草履は井戸でもって泥を落とすと、ほぼ元どおりとなった。

相兼寺の山門から出たときは、正午までには半刻ほど残している。

「さて、額に黒子のある男」

音乃に、覚えがあった。

独《ひと》りごちながら、音乃は相兼寺と向かいの長林寺《ちょうりんじ》との土壁が挟む小路に差しかかった。先だって、お涼が暴漢から襲われようとしていた場所だ。

三人の無頼たちの顔を、すべて覚えているわけではない。音乃は、そのうちの一人だけ、顔に大きな特徴をとらえていた。その男と対峙したとき、おでこに大仏様を彷《ほう》佛《ふっ》とさせる、大きな黒子を目にしていた。

「もしや、あの男たちが墓荒らし……？」

素行のよくなさそうな連中であった。だが、ふと音乃に疑問が湧いた。

「……墓荒らしなら、わざわざ巽家のお墓の在《あ》り処《か》を訊くだろうか？」

と呟くものの、とりあえずは額に黒子のある男を探すことにした。

奉行の密命となると、事《こと》を大げさにできない。

「額に、大仏様のような黒子のある、二十歳前後の男を知りませんか？」

男の特徴だけを、それとなく口にする。墓荒らしとは隠して、音乃は相兼寺界隈《かいわい》の町屋を訊ね歩いた。

北を流れる仙台堀《せんだいぼり》と、南の油堀《あぶらぼり》の間に位置する各町を、音乃は隈《くま》なく歩いた。冬《ふゆ》木《き》町を手始めに、万年《まんねん》町、平野《ひらの》町、富久《とみひさ》町、材木《ざいもく》町と界隈東西五町、南北四町の範囲に亘《わた》り、その数二十人ほどの住人に訊いてみた。しかし、一人として覚えのある者はいなかった。

目立った特徴に、音乃はすぐに見つかるものと高を括《くく》っていた。

誰も、隠し立てをしているような素振りはうかがえない。さらに範囲を広げ、油堀を渡った南側の一色《いっしき》町、蛤《はまぐり》町、黒江町と回るも、『さぁ？』と言ってみな首を傾げるだけだ。その数、五十人には達したであろう。みな、音乃に協力を惜しむ様子はなかっただけに、答に信憑性がうかがえた。

——土地の者ではないのかしらん？

聞き取るごとに、音乃にはそう思えてきた。

黒子の男を探しながら、音乃は町を行き交う若者の様子にも、注意を逸らさずにいた。

二

昼八ツ半が過ぎ、日は西に傾いてきているもまだ高い位置にあった。

音乃は、黒江町まで来ていた。

休みも取らず、二刻も歩き通しで、音乃の足は棒のように疲弊していた。

「さすがのわたしも疲れたわ」

休むのは、作造が言っていた茶屋でということで、我慢していたこともある。

庇《ひさし》にかかった小さな看板には『茶処　伊呂波《いろは》』と書かれてある。

建物そのものの意匠も、若者が好むような歌舞伎《かぶき》色で塗装され、通りに面した商店の中でも一際目立っていた。戸口に掛かった、紫のぼかしの長暖簾が艶っぽい雰囲気をかもし出している。

「……ここね」

音乃は、暖簾に書かれた屋号を一瞥《いちべつ》してから、枡格子《ますごうし》に障子紙が貼られた引き戸を開けた。

同時にケラケラと、若い娘の甲高い笑い声が音乃の耳に入った。

「……なるほど」

まずは、作造が言ったとおりである。

笑い声のするほうに目を向けると、二人の娘を、四人の若い男たちが取り巻いている。

ずいぶんと、楽しげである。その甲高い話し声に、音乃は小坊主朴念の言葉を思い出した。

『――男の人と女の人が交じった、奇妙な笑い声でした』

――ちょっと、何かありそう。

今まで触れたことのない店の雰囲気に、俄然《がぜん》音乃は興を抱いた。

いっとき額に黒子のある男のことは忘れ、この店に気持ちを絞ることにした。

燃え残った小さな木片に、思いがよぎった。袂にしまった紙片を手に握りながら、二十坪ほどの店内を見回すと、そんな男女の客が三組ほどいる。

店の中の造りも、通常の茶屋と異なっている。四、五人の客が向かい合って談笑できるよう、丸卓の周りに五脚の腰掛けが置かれ、席が設《しつら》えられている。その数が、八席ほどある。

音乃が、このような店に入るのは、初めてのことであった。たしかに、朴訥《ぼくとつ》そうな作造にすれば、いたたまれない店であろう。

文化が進んだ江戸でも、珍しい趣向の店である。内装に娘好みの工夫が練られた、新手の茶屋と音乃には感じられた。

「いらっしゃいませ。お一人さまで……？」

音乃が引き戸を閉めると十七、八歳の店の娘が近づき声をかけてきた。

「一人でも、いいの？」

「はい。もちろんです」

こちらにどうぞと、案内される。音乃は、空いている五人がけの席に独りで座らせられた。

隣の席から、男女四人組の話し声が聞こえてくる。失礼と思いながらも、所在なさげに音乃は話を拾った。

「——好きな食べ物って、なに？」

男が女に訊いている。他愛もない話であったが、音乃には一つ気づくことがあった。

「……ここで初めて知り合った男女たちのよう」

音乃が呟いたところで、案内をした娘が近づいてきた。

「あのう……」

注文を取りに来たのではない。

「何か？」

娘の様子を訝《いぶか》しく思いながらも、音乃は問うた。

「向こうに座っておりますあの方たちが、お嬢さまとお話をしたいと申しておりますがよろしいでしょうか？」

娘の声に、遠慮は感じられない。

どうやら、ここに来る娘を目当てに、男たちも通う店のようだ。そのような引き合わせが、当たり前のようにおこなわれているらしい。音乃も、男を目当ての女に見られたようだ。

音乃は心の中で『なるほど』と思った。意匠も変わっているが、店の形態も普通ではない。

娘が向く視線の方向に目を合わせると、二十歳前後の若者が二人、音乃のほうを向いている。視線が重なり、軽い会釈が送られてきた。

「わたしはかまいませんよ」

ここで音乃は、二人の若者と期せずして知り合うことになる。それが、思わぬ展開になろうとは――。


近寄ってきたのは、商店の若旦那風の男たちであった。

昼日中であるも働かず、娘の尻を追っかけようと、こうした店で巣くっている輩《やから》であろう。

――何か、手がかりが見つけられるかもしれない。

どうせろくな者たちでなかろうと思うも、逆に音乃にとっては願ったりだ。

「座っていいかい？」

男二人が並んでつっ立ち、腰掛けに座る音乃に声をかけた。

「どうぞ……」

笑みを湛《たた》えて音乃がうなずくと、男たちの相好《そうごう》が崩れた。下心《したごころ》のありそうな含み笑いを浮かべ、二人は丸い卓の対面に腰をかけた。

丸い卓の差し渡しは、四尺ほどあって大きい。静かな店なら会話もできるだろうが、周りの声にかき消される。対面同士は、おのずと声を大きくせねばならない。

「話が遠いな。そばに寄ってもいいかい？」

「そうねえ。大声で話さなくちゃ、いけないもんね。いいから、脇に座って」

近寄らせ、小声で話をしたい音乃には、なおさら好都合となった。ただし、二人の口からは変な臭いが漂い、音乃は一瞬顔をしかめた。

江戸に生きる若者は、ことさら口臭には気を遣《つか》う。女の気を引きたいというのは、古今東西どこの若者も同じである。絹織の上等な衣装や履物などで見栄を張り、身形《みなり》に気を配っているにしては、肝心なところで無頓着《むとんちゃく》な二人であった。

音乃を挟んで、男が左右に座った。丸い卓なので、二人の顔は少し目を動かすだけで見てとれる。

口臭は、しばしの我慢と音乃は小さく笑みを浮かべた。

「お嬢は、一人かい？」

右手に座った、顔の丸い小太りの男が訊いてきた。お嬢と呼ばれれば、自然と笑みが浮かぶというものだ。

「はい」

「初めて見る顔だね」

左手に座る、顔のひょろ長い男の声であった。二人とも二十歳前後に見え、小袖に羽織を纏《まと》った商店の若旦那風である。

「それにしても、いい娘だなあ。なあ、六三郎《ろくさぶろう》」

「ああ。ちょっと、このあたりにはいねえぞ。駒二郎《こまじろう》の好みじゃねえか」

音乃の面前を、遠慮ない男たちの会話が通り過ぎた。のっけから不愉快な話であったが、音乃は気にする素振りも見せずあえて笑って見せた。

――小太りがこまじろう、ひょろ長がろくさぶろうか。

二人の会話で、名が知れる。

家業を継げない、次男か三男坊であろうか。

「こまじろうさんに、ろくさぶろうさん。どういう字を書くの？」

それには、駒二郎が答える。

「将棋の駒に、数の二という字だ。こいつは、数の六に三の字。薬問屋の倅《せがれ》だ」

――薬問屋？　どこかで聞いたことがある。

音乃はすぐに思い出した。二刻ほど前に朴念から聞いたばかりだった。墓誌に六左《ろくざ》衛門《えもん》とあった。

頭の字が同じである。

——あのお墓と、関わりがあるのかしら？

「どうかしたかい？」

考える風の音乃に、駒二郎の息がかかった。

——それにしても、変な臭い。

口臭は変な臭いだが、それにも増して異常なところは、六三郎の口からも同じ臭いが発せられている。同じものを、食べたか飲んだかしたのだろう。そう思えば、音乃も得心がいく。

「いいえ、なんでもないわ」

音乃は、いく分笑みを作って返した。

「知らずに、初めて入ったのだけど変わったお店ね」

話の先を切り替える。しばらくは、他愛もない会話がつづく。

「このへんに住んでるのかい？」

「いいえ。大川《おおかわ》の向こう側」

「というと、霊巌島《れいがんじま》か？」

「まあ、そんなところ」

男二人の、交互の問いを音乃は素っ気なくかわす。

「名は、なんての？」

駒二郎の問いに、音乃は名を偽る。

「弓《ゆみ》というの。弓矢のゆみ」

町人娘の形《なり》であったからだ。

「お弓ちゃんか。俺たちゃ、知らねえ娘と茶を飲みてえだけだ。何もしねえから、心配すんな」

にやけた顔つきで、駒二郎が言う。

「そんなこと口に出すとは、腹の中は違うんじゃないの？」

娘口調で、音乃が返した。

「読まれちまったな、駒二郎」

苦笑いしながらの六三郎の声が、音乃の面前を通り過ぎた。

このとき音乃は考えていた。

――いつまでも、無駄話をしていてもきりがない。

そろそろ、切り出そうかと。

「ちょっと訊きたいことがあるんだけど、いい？」

音乃の顔が、駒二郎に向いた。こっちのほうが、口が軽そうだからだ。それと、神経質そうな六三郎よりも、話しやすそうな感じもする。

「なんだい？」

人懐こそうな、駒二郎の顔が向いた。

「人を捜してるんだけど。このあたりに黒子のある、若い男で……」

音乃は、自分のおでこに指を差して訊いた。

「おでこに黒子か……六三郎は知ってるか？」

首を傾げる駒二郎に、覚えはないらしい。

「いや、知らねえな」

首を振りながら、六三郎が答えた。二人とも、見たことがないという。

無駄な時を過ごしたかと、音乃が思ったところであった。

「お待ちどおさまです」

と言って、先ほどの娘が笑みを浮かべて近づいてきた。

「お仙《せん》ちゃんは知ってるかな？」

「何をですか、駒さん」

かなりの馴染み客と、音乃は取った。

「おでこに黒子のある、若い男なんだけど……」

「いいえ。そのような若い人、このお店には来たことがありません。うちのお父っつぁんの額にも黒子があるけど、齢《とし》は五十歳だし」

駒二郎が、音乃の代わりに訊いてくれた。

「深川では見かけたことがねえよな、そんな奴」

「うん」

お仙と呼ばれた茶屋の娘が、大きくうなずいて答えた。

三

お仙の手には、透明の茶瓶が握られている。

それが、ギヤマンという西洋から来た器であることは、音乃も知っている。湯気で曇る器の中には、琥珀色《こはくいろ》の液体が入っているが、それが何か、音乃は知らない。

卓の上には、取っ手のついた湯呑が置かれている。これも、西洋から来たものだ。湯呑が皿に載っているのも、音乃には初めて見る光景であった。

——まだまだ知らないことが、世の中にはたくさんある。

音乃も、再認識をさせられる。

「まだ、何も頼んでないけど」

注文もしてないのに、お仙がそれらを運んできた。

「俺が頼んだんだ。奢《おご》りだから、飲んでくれ」

駒二郎が、威張った口調で言った。

琥珀色の湯が、湯呑に注がれる。よい香りだが、口に含むと、えらく苦《にが》くて酸っぱい。

「何、これ？」

「やはり、お弓ちゃんは初めてだったか。こいつは、コフィって西洋の飲み物でな……」

「……コフィ？」

コフィのことは、御家人でありながら文人、狂歌師の太田南畝《おおたなんぽ》が四年ほど前に書いた『瓊浦又綴《けいほゆうてつ》』という徒然《つれづれ》の中で紹介されている。

音乃は初めて目にし、味わうものであった。

一口含むと、音乃の眉間に皺《しわ》が寄り、端正な顔が歪みを見せた。

「そんなに、苦いか？」

そうではない。西洋の飲み物と聞いて、高価なものと取ったからだ。

「なんで、こんな物がこの国に？」

音乃の問いに、駒二郎の口が流暢《りゅうちょう》になる。

「これは、阿蘭陀《オランダ》って国から来たものだ」

知ったかぶりを、自慢するように口にする。

「へえ、そうなの」

「コフィは一杯、一分《ぶ》もするんだぜ。器もすべて、高価なもんだからな。この店の客でも、そう滅多に飲める奴はいねえ」

娘の気を引くのに、絶好の機と取るか、駒二郎が胸を張って言った。

「そんなに、お高いの？」

音乃の、本気で驚く顔であった。一分金四枚で、一両である。大工職人の、およそ五日分にも匹敵するほどの値である。

「お仙ちゃんのお父っつぁんというのが昔は長崎に住んでいて、阿蘭陀商館と話をつけてもってきたんだと」

訊いてもいないことを、駒二郎は言ってくれる。

さらに、自慢話がつづく。

「俺は、これを毎日飲んでるんだぜ。飲めばふーっと、気持ちが落ち着くからな」

「お金持ちなのね、駒二郎さんは……」

口とは裏腹に、音乃はこれを男の見栄と取っている。自慢をすればするほど、薄っぺらに見えてくる。だが、こういった手合いの男は、人間的には裏がないので扱いやすい。

「ああ。こいつの家には金が腐るほどある」

左に座る、六三郎が声音を高めて言った。

「駒二郎さんのおうちって、何をやってるの？」

「俺んちか、万年町にある材木問屋の高松屋。この深川でも……」

駒二郎の話をみなまで聞かず、音乃の顔は六三郎に向いた。

「六三郎さんのうちは、薬問屋さんて聞いたけど、なんて屋号なの？」

音乃としては、六三郎のことを知りたくあった。

「佐賀《さが》町にある、三元堂《さんげんどう》って薬屋だ」

答えたのは、駒二郎であった。どうしても、音乃と話がしたいようだ。

「代わりに答えてくれて、どうもありがとう」

音乃が顔を向けて言うと、駒二郎の丸い顔がにんまりとなった。

しばらくすると暑くもないのに二人とも、顔中から異様なほど多量の汗が噴き出てきた。ここで二人はお仙を呼んで、大福餅を注文した。その数が半端ではない。大皿の上に、二十個ほど載っている。それを、二人はむさぼるように食べはじめた。音乃に、大福を勧めるでもなく、目を血走らせて食い漁《あさ》る。その尋常《じんじょう》でない様子を、音乃は黙って見やった。

六三郎に、一つだけ訊きたいことがある。

「六三郎さんのおうちのお墓って、相兼寺にあるの？」

いきなりの音乃の問いに、二人の表情が見る間に変わった。今までにこやかだった顔が、にわかに強張《こわば》る。

「そんな辛気臭《しんきくせ》え話、ここではよしてくれねえかな」

ここでも答えたのは、駒二郎であった。六三郎は、あらぬほうを向いてしかめっ面をしている。

明らかに、何かを語る表情であったが、音乃は惚《とぼ》けた。

「ごめんなさい。今、お墓参りをしてきたところだら、うっかり口に出ちゃった」

ちょっとした糸口が見つかれば、ここはよしとする。焦って深追いをすることはない。

「そろそろ、帰らなくては……」

夕七ツを報せる鐘が鳴り出したからだ。

「なんだ、もう行くんか？」

目を虚《うつ》ろにさせて、駒二郎が言う。音乃は振り切るように、立ち上がった。

「また、お会いしましょ」

と、六三郎に言い、

「今日は、ご馳走さまでした」

と、駒二郎には笑みを向けて、音乃は腰を上げた。

「変な人たち……」

店の外に出て、音乃が独りごちる。

――もしかしたら、あの二人……？

そのときはまだ、まだ小さな疑いであった。

音乃は深川に聞き込みに回り、丈一郎は囲碁道場に行ったまま留守である。

家にいるのは、律一人であった。

その日お涼が訪れたのは、正午を半刻ほど過ぎた九ツ半ごろ。

「ごめんください……」

お涼が来るまでは、心の隅に昨夜のことが残っているか、律も内心では幾ばくかの不安を宿していた。お涼の声を聞いて、律はほっと安堵しながら戸口へと向かった。

「いらっしゃい、お涼ちゃん。きのうは、お医者さんを呼んでいただいて、ありがとう」

「いいえ。ずっとついていてあげられずに、かえってごめんなさい。急に用事を思い出したもので……」

「いいのよ、源三さんというお方が看《み》ていてくれたから」

「もう、お加減はよろしいのですか。それが、とても心配で見に来ました……でも、奥さまはなんであんなに驚いたのかしらん？」

「なんでもないの。お涼ちゃんには、関わりないことだから気にしないで」

蚯蚓の件はお涼が気にするだろうと、律は黙しておいた。

「お元気そうで、よかった。ところで、音乃さんはおられますか？」

お涼の手には、裁縫道具がもたれている。

「生憎《あいにく》留守だけど、それは……？」

「音乃さんに、お裁縫を習おうと思いまして」

「そういえば、先だって言ってましたね。でしたら、私が教えましょうか、音乃の代わりに」

音乃が帰るまでお涼がいてくれたら心強いと、半分は律からの願いであった。

「奥さまから、直々《じきじき》に教えていただけるなんて……」

八重歯を見せて、お涼が笑みを浮かべた。

「でしたら、どうぞ上がってちょうだい」

「はい。それでは、遠慮なく……」

仏壇のある八畳の部屋で、律がお涼の相手をする。そこは、巽家の客間でもあった。

「きのうはたくさんいただいて、ありがとう」

何があったとしても、筍をもらった礼は、きちんとしなくてはいけない。

「たくさんだなんて、とんでもありません。お恥ずかしい限りで……でも、筍に何があったのか、気になります」

「もう、よろしいのです。忘れましたから、その話はよしましょ」

「分かりました」

「それにしても、お裁縫を習うなんて、とてもよい心がけです」

「はい、女のたしなみと思いまして。以前から、どなたかに習いたくて。でも月々の……」

「謝儀なんて、いりません。遠慮なく、どんどん音乃からお習いなさい。きょうは、私が教えますけど」

「はい。ありがとうございます」

お涼の目が、輝きをもった。それを律は、習い事への気概と取った。

「やる気満々のようね。ならば、お裁縫の用意をしてきますから、ちょっと待っててください」

と言って、律は部屋から出ていった。

お涼は一人残ると、首を四辺に動かし、音乃の部屋を睨《ね》め回す。何かを物色《ぶっしょく》するような、目つきであった。

「……いい物がある」

何を見つけたか、お涼が呟いたところで、裁縫道具が入った小箱を抱えながら、律が部屋へと戻ってきた。

「お待たせしました」

「それでは、よろしくお願いします」

裁縫を習う前に、お涼は三つ指をついて、律に一礼をした。

「まあ、お行儀のよいこと。教え甲斐があります」

まずは、針の穴に糸を通すところからはじまる。お涼の手が震えていて、それがうまくできない。

「落ち着いてやれば、こんなのは簡単……」

糸が針に通せないのを、律は初めての習い事に対する、お涼の焦りと取った。

「きっと、よいところのお嬢さまなのね」

律は、お涼をすっかりと気に入っている様子だ。

「いいえ、お嬢さまだなんて……」

「お父さまは、何をしておられますの？」

「もう、隠居の身です」

お針を教えながら、お涼の身の上話をあれこれと聞き出す。そして、およそ一刻が過ぎた。

四

昼八ツ半が過ぎても、音乃も丈一郎も戻ってこない。

「最初から根《こん》を詰めても疲れますから、今日はこのくらいにしてお茶でも飲みましょ」

「お茶までいただけるなんて……」

恐縮からか、お涼が身を縮める仕草をした。

「よろしいのですよ。うちでは武家も町人もないのですから」

「申しわけございません。そこまでしていただいて……」

「なんです、若い娘さんが目尻に袖なんぞあてて。白粉《おしろい》がはがれて、美人が台無しですよ」

「ごめんなさい。つい、嬉しくて」

「それでは、お茶を淹《い》れてきますから、ちょっと待っててくださいね」

「はい」

律が部屋を出ていったすぐあと、お涼は動いた。

仏壇に、大福餅が六個ほど重ねて供えられている。お涼は袂から油紙で折られた包を取り出すと、その場で開いた。中には粉末の薬が入っている。

お涼がいいものと言ったのは、大福餅を見てのことであったか。

「……これが仕上げ」

律が戻るまで、大福餅に粉末を塗《まぶ》すには充分の間があった。

廊下に足音が聞こえ、お涼は元の位置に戻ると縫ったばかりの着物の生地を手にしていた。

「お待ちどうさま……」

律が、湯呑の載った盆を抱えて入ってきた。

「まだ、お裁縫してるの？」

「いえ、奥さまが縫ったところを見てました。お上手《じょうず》だなあと思って……」

「主人の留守中、三十年以上もこんなことをやっていれば、誰だってうまくなります。さあ、お茶にしましょ。そうだ、お供え物にしている、美味《おい》しい大福餅があった」

一瞬ドキリとしたお涼の顔が向いたが、律は気づかず立ち上がった。仏壇から、皿ごと下ろす。

「日本橋松千堂《しょうせんどう》の大福餅。美味しくて、有名なのよ。さっき、大好物はお饅頭と聞きましたから」

「えっ、ええ……」

まさか、仏壇のお供え物を出されようとはお涼も思っていない。

「どうぞ、召し上がれ」

律が、お涼の前に皿ごと差し出す。だが、お涼は手を出そうともしない。むしろ、困惑した顔をしている。

「どうしたの？」

「今、おなかの調子が悪くて。お昼に食べたものが、ちょっといけなかったようでして……厠《かわや》を拝借してよろしいでしょうか？」

「それは大変ねえ。どうぞ、行ってらっしゃい。外廊下を真っ直ぐ行って、つき当りだから。その間に、お薬を用意しておきます」

「申しわけ、ございません」

腹を擦《さす》りながら、お涼が部屋を出ていく。その間に、律は薬と水をもってくる。ついでにと、弁当を包む経木《きょうぎ》を一枚用意した。

やがてお涼が戻ってくると、薬を一服腹に収めた。

「おかげで、助かりました。また具合が悪くなってはいけないので、今日のところは帰ります」

お涼としては用事が済んだ。長居はできないとの思いがある。

大福餅には手をつけていない。律は、六個の大福餅を経木に包んだ。

「うちでは食べないから、おうちでどうぞ。お父さまと、召し上がって」

松千堂の大福餅なら、土産《みやげ》としても恥ずかしくない。だが、笥十五本のお返しとしては、どうも見栄えに薄い。

「そうだ、ちょっと待ってて」

律は箪笥の中から小袖を取り出すと、大福餅と共に風呂敷に包んだ。

「柄《がら》が若作りだから、ほとんど着てないの。お涼ちゃんに似合うと思って、小袖を入れておきました。お気に入ったら、着てちょうだい」

「どうも、ありがとうございます」

お涼は拒むことなく、受け取った。

「風呂敷は、明日にでもお返しにきます。また、お裁縫を教えてください」

「音乃は忙しくなりそうですから、当分は私が教えてさしあげます」

「よろしく、お願いします。おっしょさん」

お涼が三つ指をつき、頭を下げた。

「そんな恰好、およしなさい。それに、おっしょさんだなんて」

「これからは、そう呼ばせてください」

心地よい呼び方に、律はまんざらでもないようだ。自然と綻《ほころ》ぶ顔を、お涼がじっと見つめている。

その帰り道、お涼は大福餅の捨て場に困っているようだ。

「そのへんに捨てると、野良犬や野良猫が食べるだろうし……」

あたりを見回しながらの、独り言が聞こえてくる。

「堀川に捨てようか……」

風呂敷包の中から、大福の入った経木を取り出し、水面に放り捨てようとしたところでためらう素振りがあった。

「鯉《こい》や鮒《ふな》がかわいそう」

結局大福餅は、風呂敷の中へと戻された。

深川佐賀町の薬問屋三元堂と頭に覚え込ませ、音乃は家路へと急いでいた。

家に戻る前に、音乃には一軒寄るところがあった。

そこは家から二町と離れていない。小さく掲げた扁額《へんがく》に『医処　源心』と書かれてある。

数人の患者で四半刻ほど待たされ、音乃の番となった。

「どうだね、その後のお義母上《はは》のお加減は？」

「はい。おかげさまで、すっかりとお元気を取り戻しました」

念のためと、気鬱《きうつ》の病に効く薬を取りに来たのである。

音乃の顔色のよさに、源心も一安心といったところか。

「これを一服飲んでもらえば、もう薬は必要ないであろう」

音乃の袖の袂にしまわれた油紙と同じような包を、源心から渡された。

ありがとうと受け取るも、音乃は腰掛けから立とうとはしない。

「ちょっと、源心先生にお訊きしたいことがございまして……」

「ほう、訊きたいこととは？」

他に患者が待っている。音乃は、単刀直入に訊いた。

「口から甘酸っぱいような、物が腐った変な臭い……？」

源心が、首を捻って考える。

「それは、胃の腑が弱っているからだと思えるが……」

「わたしもそう思ったのですが、二人とも同じような変な臭いを。それと、大量の汗を掻いて……」

「二人ってか。ならば、同じものを食したとしか考えられんな。おそらく大蒜《にんにく》とか韮《にら》などは、かなり口臭が酷くなるからな」

大蒜や韮ならば、音乃も知っているが、自分で食したことは一度もない。滋養強壮の薬にもなり、かなり高価な物と聞いている。

「それででしたか」

一杯一分のコフィを毎日飲んでいると言った駒二郎であり、材木問屋や薬問屋の身内なら金に飽かして食すこともありうるだろう――と音乃は得心をした。

「お忙しいところ……」

音乃が立ち上がろうと腰を浮かしたそこに、

「ちょっと待て……」

源心の、呟くような声が聞こえ音乃は腰掛けに座り直した。

「汗を大量に掻いているとも言っておったな」

「はい。二人とも、暑くないのに」

「もしや……？」

「何か、思い当たる節がございまして？」

小首を傾げて考えている源心に、音乃が問うた。

「音乃さんは、ドラグという言葉を知っているか？」

「ドラグですか……？」

音乃は首を振って答える。初めて耳にする言葉だが、嫌な語呂《ごろ》の響きである。

「いえ、一度も聞いたことがありません」

「西洋の言葉でな……」

西洋と聞いて、音乃はコフィを思い出した。これも、西洋の阿蘭陀から渡って来たと聞いている。

「薬物という意味をもつ。その前に危険とつけば、人体に危ないものを差していう。いや、まさか……」

源心の、奥歯に物が挟まったような口ぶりに、音乃の首が小さく傾いだ。

「江戸というより、この国にはないはずの物だ。あったら、大変なことになるからな……いや、わしの思い過ごしだ」

源心の言葉は音乃に向けられているものではない。小声で呟く、独り言であった。

だが、音乃の耳はそれをとらえていた。

「そのドラグというのを、詳しくお聞きしたいのですが……」

「わしは、薬草のことには詳しいが、危険な薬物となるとちょっと物の本で読んだくらいでほとんど知識がない。知っているのは、阿片《あへん》と同じような痲薬《まやく》で……」

源心の話が、途中で切れた。助手の娘の、息せき切った声が聞こえたからだ。

「源心先生、おたらさんが心の臓の発作を……」

「今すぐに行く」

忙《せわ》しなく源心は立ち上がると、音乃には目もくれず診療部屋から出ていった。

——阿片ならば、聞いたことがある。

だが、それに関する知識はまったくない。

音乃の頭の中に、異国語であるドラグという言葉が深く刻み込まれた。

五

霊巌島の家に着いたのは、陽が西に隠れようとする夕七ツ半ごろであった。

「遅くなって、ごめんなさい」

戸口で出迎えた律に、音乃は詫びた。

「先刻まで、お涼ちゃんがいましてね……」

「あら、お涼ちゃんが……」

なんの用事でかと、音乃は小さく首を傾げた。このとき音乃の脳裏には、源心から聞いたドラグという言葉がこびりついていた。

「……危ない薬物って……犯罪と関わりがありそう」

呟く言葉に、額に黒子のある男のことは、どこかに飛んでしまっている。

「お裁縫を習いたいと言ってたでしょ」

「ああ、そうでした」

探りごとに気が巡り、音乃はお涼との約束を失念していた。

「あたしが代わりに教えておきましたよ。音乃もこれから忙しくなりそうですから、お涼ちゃんのことはあたしに任せといて」

「どうも、申しわけありません。ちょっとした口約束のつもりでしたのに、まさか習いに来るとは思ってもいませんでした」

「お涼ちゃんは本気でしたよ。口だけでも、約束は約束。音乃の都合は、お相手にとっては関わりありませんからね」

律の言い分のほうが、理にかなっている。音乃は、二の句が継げず律に向けて頭を下げる一方であった。

「留守中、何かございました？」

「いいえ。お涼ちゃんがいてくれたおかげで、何ごともなく……」

「それは、よかったですね」

「お涼ちゃんが明日も来てくれるというから、音乃も安心して出かけていってよろしいのよ」

「明日は家におります。深川で、ちょっとおもしろいことを聞き込んできました。おもしろいといっては、なんですけど……そんなんで、少し考えたいことがありますので」

「そう、ならばよかったわ。一緒に、裁縫を教えてさし上げましょ」

「はい」

そして二人しての、夕餉の仕度となった。

この日の夕食は、暮六ツ過ぎとなった。

すでに、丈一郎が手酌でもって晩酌をしている。

「音乃、ご苦労だったな」

上機嫌な、丈一郎の声音であった。

「ごめんなさい、お義父《とう》さま。手酌でお酒を注がせて……」

音乃が、一献いかがと酌をする。杯を呷《あお》って、丈一郎は酒を呑み干した。

「いかがでしたか、今日の戦果は？」

音乃は、囲碁の話から入った。探りのほうは、夕餉を済ませてから語ろうと、暗黙の了解をし合った。

「三人ほど、打ち負かしたぞ。三目《さんもく》は、強くなっておるな」

「それは、大したものです」

四半刻ほどで食事を済ませ、片付けをしてから音乃と丈一郎は向かい合った。

律は、勝手場で洗い物をしている。

「それでな、音乃……」

丈一郎が、くつろぐ表情を真顔に戻した。

「何か、ございましたでしょうか？」

「巽家《うち》以外にも、盆栽の鉢を壊された家があってな……」

「えっ、それは……？」

本当かとは、丈一郎に向けて訊けない。それほど意外なことであった。

「それも、三軒ほどな」

「三軒もですか！」

音乃の、驚く表情となった。

「みな、昨夜のうちにやられたそうだ。どこも、高価な盆栽が壊されたと憤慨しておったぞ」

「狙いは、巽家だけではなかったと……？」

「蚯蚓のことは誰も知らなかったが、盆栽に関しては、そういうことだ」

「別々のことと、考えたほうがよろしいのでしょうか？」

「今のところ、なんとも分からん。だが、気になることがあってな」

「気になることとおっしゃいますと？」

「みんな、奉行所同心から身を引いた隠居のところばかりが狙われている。おれと同じ境遇の者たちだ。偶然ではなかろう」

丈一郎は、今は北町奉行の直下にいる影同心の身だが、表立っては一線を退いた隠居である。

「それぞれに、現役のときの役職は違うがな。おれは、三廻り同心だったが、高積見《たかつみ》廻りや定《じょう》橋掛《ばしかか》りの役回りもいる。みな奉行所をやめ、暇をもて余して囲碁道場に身を寄せる連中だ。南町奉行所勤務だった者もいる」

囲碁道場は、霊巌島町にあった。八丁堀に近いこの周辺には、奉行所を離れた元役人が多く住んでいる。役宅を出てから自分の居を持ち、自適の生活をしている者たちだ。丈一郎も、その一人である。

「そこでだ、奉行所の手を煩《わずら》わせることはないと……」

膳に置いた杯に、丈一郎は自分で酒を注ぎながら言う。

「下手人《げしゅにん》を捜せと、おれにお鉢が回ってきた。断ったがな、定町廻りであったのはおれだけだ。適役ってことで、詰め寄られた。蚯蚓の件といい、これも含めて探らなくてはならなくなった。細かな事件だが、三つの事が一遍に降りかかってきた」

みな、別々の件ととらえている。言って丈一郎は、ふっと一つため息を吐《つ》いた。

「わたしもお手伝いします」

「音乃はいいから。墓荒らしのことがあるし、盆栽なんぞにかまっている暇はなかろう。そっちのほうはしばらく、音乃にまかせっきりになりそうだ」

「はい。それでです……」

今度は、音乃が語る番となった。

まずは寺での件を、音乃は順序よく語《くだり》った。

燃え跡の件では、丈一郎も眉間に皺を寄せた。

薬問屋の墓が荒らされていなければ、音乃の話もここで止まっていただろう。

「深川の、黒江町というところに……」

茶処伊呂波での一件に、音乃の語りは入っていった。

「お義父さまは、コフィという飲み物を飲んだことがございますか？」

「コフィなんて、聞いたこともないぞ」

「西洋の飲み物で、ものすごく苦くて酸っぱいのですが、飲むとなんだか気持ちが落ち着くような……」

「そんな物があるなんて、知らなかった」

「異国の人が好む、お茶と思っていただければよろしいかと。ですが、茶碗一杯が一分と、目の玉が飛び出るくらい高価なものです」

「音乃は、それを飲んだのか？」

「はい。ご馳走してくれるお方がおりまして……」

「男か？」

「はい。大店の倅さんで一人は薬問屋、もう一人は大手の材木問屋……」

「二人もか。まあ、相手が音乃では言い寄る男もおるだろうが……それで、どうした？」

音乃の話に関心を示している、丈一郎の口調であった。

「その人たちにお墓の話をしたら、なんですか様子が変なのです」

「ふーむ。それで……？」

「もしかして、墓荒らしのことを知っているのではないかと。それで、これから親しくしてみましょうかと」

音乃は意図を説《と》いた。

「それは、どんな男たちだ？」

「一人は、深川佐賀町の薬問屋『三元堂』の息子ということで……」

「薬問屋と、今しがた言ったな？」

「はい。それで、これをご覧ください」

音乃は袂から、墓地で拾った油紙を差し出した。

「これは、薬を包む紙だが？」

「相兼寺の奥で拾いました。何か、焦げ臭い感じがします。そこで、誰かが何かをしていたものと……」

「うーむ。確かに怪しいな。音乃は、その二人がそれと関わりがあるとでも思っているのか？」

「いえ、まだそこまではまったく。ただ、探る価値は充分にあるものと……」

「なるほどな。さすが音乃だ、何か一つは拾ってくるものだ」

「お義父さまは、ドラグという言葉をご存じですか？」

畳に置かれた油紙を見やる丈一郎に、音乃が問うた。

「いや、知らんな。この国の言葉か？」

「それが、西洋の言葉のようでして」

「ならば、なおさら知らんな。どんな、意味だ？」

「なんとも分かりません。ちょっと、小耳に挟んだものでして」

音乃は、まだ黙しておこうと言葉を濁した。

源心が、この国にはないはずの物と言っていた。それと、丈一郎に話すにはまだドラグの知識に乏《とぼ》しい。もう少し、調べを進めてからでも遅くないと、ここでは話をしまった。

六

翌日の昼下がり、音乃と律が語り合っていた。

まだ、お涼は訪れてはいない。茶を飲みながらの話題は、きのう律が聞き込んだ、お涼の身の上話であった。

「お涼ちゃん、本当に気立てのよい娘さん。お父さん想いでもあるし……」

そういえば、音乃はお涼の素性はほとんど聞いていない。

深川からの戻りの道でも、横並びでは歩けずほとんど会話はなかった。お涼のことで知っているのは、父親と二人暮らしで、母親の実家が甲州道の日野宿にあるというだけであった。

「お父さまは、何をしておられるのでしょう？」

こういう類《たぐい》の聞き取りは、律には得意な範疇《はんちゅう》である。根掘り葉掘り、遠慮なく訊き出せるのは大年増ならではであった。

律の口からお涼の身の上が語られる。

女同士で盛り上がる、噂話のつもりで律には他意がない。

「お父さまの名は万次郎《まんじろう》さんといって、もう六十五歳になるんですって。元は商人で今は店を畳み、隠居の身だそうです」

思い出しながら語る律に、音乃はうなずきながら聞いている。そして、ときどきは口を挟む。

「店を畳んだのはよいとして、今が長屋暮らしなのが気になりますね」

つい最近、裏富講《うらとみこう》という闇の富くじに嵌《はま》り、油屋を潰したお咲《さき》という娘の家が音乃の脳裏をよぎった。

――お咲ちゃんのところと同じ。どんな事情があるのかしら?

音乃が考えているところで、律が口にする。

「そのへんのところも、聞いてみました。なんだか私、岡っ引きになったみたい」

おほほと笑って、律はつづきを口にする。

「五年ほど前まで、下谷長者町《したやちょうじゃ》で『松亀屋《まつかめや》』という屋号の、骨董屋をやっていたんですって。押し込み強盗に遭って、それからが大変だったらしいわよ」

深刻な話となって、律から笑みは消えた。

「お父さまは頬を匕首《あいくち》で切られ、人相が悪くなってお店が立ち行かず潰れたそう。それから深川に移り住んで、最近になって霊巌島に引っ越して来たということ」

「それで、深川にいたんだ」

「音乃がお墓参りをしたあの日、死んだお母様の月命日だったらしいの。真之介と同じ、二十五日には必ず長林寺さんにお参りに行くのだって」

相兼寺とは、小路を挟んだ向い側が長林寺である。その壁際で、お涼が無頼に絡まれていたのに遭遇した。

「……そういえば、額に黒子のある男」

この男も探らなくてはならないのだと、音乃はふーっと深いため息を吐いた。

「なんですか、ため息なんか吐いて」

律にたしなめられたところで、

「ごめんください」

聞こえてきたのは、お涼の声であった。

「噂をすれば……」

出迎えに出たのは、音乃であった。

お涼の手には、大きな風呂敷包が抱えられている。畳紙《たとうがみ》に包まれた、父親の小袖であった。

「きょうは、これを縫い直したいと思いまして……」

お涼が、畳の上に広げた。

お涼が来てから一刻半ほどが経って、夕七ツを報せる鐘が鳴り出した。

「あら、もうこんな時限……そろそろ、終わりにしましょうか」

律が、自分の肩を揉みながら言った。

「もう少し、よろしいですか？　きりのよいところまで……」

「ええ、いいけど。お父さまのほうは、かまわないでいいの？」

長居するお涼に、音乃が問うた。

お涼は、父親のために小袖を縫っている。早く仕上げたいと、根《こん》を詰める様子に音乃と律はうなずく以外になかった。

「ええ。一人で好きなことをしてますから」

「お父さまは、何がお好きで……？」

音乃が、問うた。

「囲碁がお好きなようよ」

律が、お涼の代わりに答えた。

「それって、お独りではできないのでは？　お義父さまが、お相手なさればよろしいのに」

「月とすっぽん、提灯《ちょうちん》と釣鐘《つりがね》ほど実力の差があるそう」

「はい。お父っつぁんの碁は、玄人《くろうと》はだしですから。本因坊《ほんいんぼう》の棋譜《きふ》を、並べているだけでも楽しいと言ってます」

ただ石を並べるだけで楽しいと思えるのは、相当な腕前である。

「お義父さまも、教わってみればよろしいのに」

「それが、駄目みたいなの」

律が、首を振って答えた。

「はい。お父っつぁんはけっこう意固地でして。なまじ下手《へぼ》に教えると……失礼……」

「いいのですよ、どうせあの人のは笊碁《ざるご》ですから」

律が、丈一郎の道楽を貶《けな》す。

「腕が鈍ると言いまして、ものすごく強い人としか打たないのです。ですから、近在ではお相手もなく、一人でもって白と黒の石を一日中並べています」

「なるほど、分かるなあ。囲碁も一線を越えると手筋が鈍るといって、初心者は相手にしないと聞きますから」

それほどの実力になると、音乃すら初心者である。望んでも相手にしてくれないだろうと、音乃は得心した。

「お茶を淹れてくるから、それくらい飲んでいって」

「ありがとう、ございます。それから、昨日の大福餅、美味《おい》しくいただき、お父っつぁんも喜んでました」

「それは、よかったですね」

「そうだ。明日からまた日野に行きますので、四、五日来られないと思います。奥さまは、山菜など召し上がります？」

「ええ。春の山菜は、美味しいものね」

「でしたら、摘《つ》んでまいりますので……」

「ほんと、ありがたいわ」

律とお涼の仲のよさを喜ぶように、音乃は目を細めて二人を見やった。

糸口があったとしても、ここは焦らぬことが肝心である。

すぐさま六三郎を訪れては魂胆《こんたん》を見抜かれそうだと、音乃は四日ほど間を空けることにした。

六三郎と会うその前に、音乃にはやることがあった。

「……もっと、ドラグのことを詳しく知りたい。まずは、こちらが先決」

額に黒子の男とはどこかで、結びつくという思いもある。そのためには、墓荒らしは後回しにしてもよいとまで考えていた。

――どこに行ったら、調べられるの？

他人に訊くか、書物で調べるかのどちらかだが。

名医と崇《あが》めている源心先生にしても、ドラグという異国語を知っているだけだ。世の中の犯罪に詳しい丈一郎でさえ、言葉すら聞いたことがないという。

滑稽本を貸したり売ったりしている書林では、異国語の訳本など置いてないだろう。あるとすれば、千代田《ちよだ》城内の『御文庫』の中である。

千代田城内の御文庫には、数えきれぬほどの蔵書があると聞いている。そこならば、見つかるかもしれない。だが、音乃には御文庫に入り込む術《すべ》がない。書物の貸し出しはおこなうが、それも大名や旗本、そして学者などに限られていた。

「父上に頼もうかしら……」

音乃の実父の奥田義兵衛は、三百五十石取りの、れっきとした旗本である。道中《どうちゅう》奉行配下の組頭として、関八州《かんはっしゅう》の街道を巡り第一線で仕事をしている。書物の借り出しは可能であろう。だが、それには書物《しょもつ》奉行の許可を取り付けねばならない。街道の細見本なら引き受けてくれるだろうが、蘭学の書ではまったく関わりがない。問い詰められて、あらぬ疑いをかけられてはそれこそまずい。

さてどうしようと考えあぐねていたところ、音乃の脳裏にある言葉がよぎった。

「阿片……」

源心の話の中にも、それが出ていた。

これならずっと以前、ある書物を読んでいて言葉だけは知っている。痲薬と聞いたところに、音乃の薄い記憶が残っていた。危ない薬という点では、西洋のドラグとは似て非なるものであろう。

「あの書物は、まだ実家にあるかしら？」

あるとすれば、納戸《なんど》部屋である。部屋に置かれた夥《おびただ》しい不要物を思うと、音乃も気がめげる。

「ここは、仕方ないか……」

音乃は、実母である登代《とよ》のご機嫌うかがいを兼ね、築地《つきじ》にある実家を訪れることにした。

三年ほど前までは、音乃が暮らしていた屋敷である。

三百五十石取り旗本の、拝領屋敷はけっこう広い。五百坪近い敷地の中に、母家《おもや》だけでもゆうに二百坪はある。

納戸は十畳もあり、そこには要らない家具や荷物が山積みになっている。幼いときから音乃がずっと読んでいた書物は、大きな葛籠《つづら》にひとまとめにされ、保管されているはずだ。まずは、それを取り出すことからはじめなくてはならない。

「いらなくなった物は、全部ここに押し込められているのね」

義理の兄仙三郎《せんざぶろう》が、婿《むこ》入りする際にもってきた荷物が一番多い。結びも解かず、そのまま積まれている。書物の入った葛籠は、その奥にありそうだ。

作業は、義兄の荷物からどかさなくてはならない。

長女の佐和《さわ》は子供にかまけ、手伝ってもくれはしない。重い義兄の荷物を片付けながらも、音乃はだんだんと腹が立ってきた。

「なんで、わたしがこんなことをしなくてはならないの！」

聞こえよがしで憤るも、広い家では声が通らない。しかも、自分の用事でやっているのだ。怒りはお門違《かどちが》いだと音乃も気づき、それからは無言となった。

昼過ぎから取りかかった作業は一刻ほど経って、ようやく埋もれていた葛籠を引っ張り出すことができた。書籍が入った葛籠は二箱あるが、いずれも重く、引きずらなくては取り出せない。隣部屋に葛籠を移したときは、音乃の腰はもげるのではないかというほど、痛みを感じていた。

痛む腰を五回ほど叩いて、音乃は片方の葛籠を開けた。

「……いろいろな本を読んだわね」

貸し本では返さなくてはならないと、みな、父親の義兵衛が買ってくれたものだ。枕草紙、徒然草、源氏物語、平家物語、源平盛衰記、太閤記、曽根崎心中から後漢書という難しいものまで、手当たり次第にありとあらゆるものを読破していた。その中にあった、孫子の兵法の翻訳物だけは巽家に移してある。

だが、その中に阿片のことがかかれた題名の書物は見つからない。

「なんて本だったかしら？」

題名はとうの昔に忘れている。しかも、阿片のことはほんの数行でしか書かれていない。

音乃は、もう一方の葛籠を開けた。

「……これだったかしら？」

表紙に『清國見聞録』とあるのが見つかった。

著者は井戸村金魚とあるが、音乃に覚えがない。

国交のない日本では近くて遠き、清国の内情を紹介した書物である。

音乃は、茶色に変色した一冊を手に取り、パラパラと丁《ちょう》をめくった。

中ほどまできて、音乃の目は見出しの一行に止まった。

『清の國に　阿片なる痲薬ありき』

と書かれてある。

「これだ！」

見つけたときは、天にも昇る気持ちとなって、音乃は腰の痛みも忘れるほどであった。

『英吉利との貿易で　清國にもたらされた阿片は……』

蘊蓄《うんちく》はどうでもよい。音乃はざっと先に目を通した。

『芥子の未熟果から採取した白液を集め　乾燥させると黒い練り状の固まり……』

阿片の作り方も、どうでもよい。

『阿片は煙草の如く吹かし　炙りしてその煙を吸い取って体に含むもの也　陶酔の内での男女の交わりは　えも言われぬ快感を味わうことができるといふ　多量の摂取は幻覚なるを引き起こし　禁断症状と為るや　幻なる妄想に支配され　眠りを妨げ　欠

伸を誘発し　下痢も甚だしく酷きこと　体中大汗をかき　けいれんを引き起こすもの也　やがて精神に障害をきたし廃人と化す　げに恐ろしき薬物也』

ここに、薬物と出てきた。

音乃はさらに先を読む。

『清國は　英吉利國から阿片の輸入を禁じたが蔓延は治まらず　しかし　未だわが國日本に侵入していないのは　幸いである也』

とりあえず、痲薬がどんなものかの知識は得られた。それが、源心の言ったドラグと関わりがあるかは分からない。だが、西洋から来たものだとすれば、阿片であることも考えられる。

――そんなものが、この国に？

ちなみに、芥子を原料とした秘薬が『一粒金丹《いちりゅうきんたん》』なる名で売られていたが、かなり高価なもので一般にはほとんど出回ってはいない。ゆえに、阿片の名を知る者は、江戸の中でも限られた人たちといってよい。それが危ないドラグともなれば、ほぼ皆無であろう。

音乃は本を閉じると、風呂敷に包んだ。家に持ち帰るためだ。

納戸を元どおりにして、奥田の実家を出たのは夕七ツ半を過ぎたあたりであった。

西の空は、茜色《あかね》に染まろうとしている。

七

音乃が深川に探索に行ってから五日が経った。

その間、巽家は平穏であった。音乃はまだ、薬物のことを丈一郎には話していない。はっきりとしたところで、語るつもりであった。

「そろそろ、深川に行って様子を見てきます」

朝稽古を済ませ、音乃が丈一郎に向けて言った。

「そうか。気をつけて、行ってこい」

丈一郎のほうは、まったく進展をしていない。巽家に対する悪戯も、パッタリと止まっている。誰が仕掛けたか、尻尾すらも摑めていない状況であった。

「あれからほかに、盆栽が壊されたってことも聞かんし」

「それは、よろしいことで」

「いや、そうも言っておられん。ああいう悪さをする奴は、放っておくとさらに図に乗ってくる。盆栽を相手にするだけならよいが、つけ上がってくると何をしでかすか分からんでな。ややもすると、他人《ひと》の家に火をつけたりもする」

「それは、怖いですね」

感こもった口調で、音乃は言った。

「ああ。だから、なんとしても早いうちにとっ捕まえんといかんのだ」

丈一郎は、内心では焦っていた。

「お奉行所に、お任せしたらいかがかと……」

「いや。これはな、音乃……」

「はい」

直立をして、音乃は聞く姿勢を取った。

「元奉行所の同心であった、おれたちに向けられた挑戦と取っている。売られた喧嘩は、買わんといかんからな。そう話したら、山崎《やまざき》どのも岩田《いわた》どのも、そして村井《むらい》どのも同調してくれた。一緒に、とっ捕まえようとな。だが、どうもあの人たちは頼りない」

「みなさまは、囲碁道場に通っているお方ですよね？」

「そうだが。それが、どうした？」

「他所《よそ》に、被害がないとすれば……」

「共通するのは、囲碁ってことか？」

「その筋から掛かってみるのも、ご一考かと」

「うーむ」

音乃の助言に考えがおよぶか、丈一郎が腕を組んで思考する。その顔は、稽古のときよりも赤味を帯びてきた。

「そうだ、お義父さま。囲碁道場のご師範なら、ご存じかも……」

「何をだ？」

「お涼ちゃんの、お父さまのこと」

別に、他意もない。話の成行きで、音乃は話題に出した。

「お涼の父親がどうしたって？」

「囲碁がとても、お強いのですって」

「初耳だな」

「もしかしたら、ご師範はお涼ちゃんの父親の名を……」

「なんという名だ？」

「万次郎さんとおっしゃるそうで……」

「……万次郎」

頭に覚え込ませるように、丈一郎は呟いた。

「玄人はだしで、かなりお強いとのこと。近在にお相手がいないので、一度ご師範とお手合わせをしていただいたらいかがでしょうか？」

音乃の、思いつきであった。

余計なお世話と思ったものの、日がな一日家の中に閉じこもり、碁石を並べているとお涼から聞いている。まだ会ったこともない万次郎が、音乃は不憫《ふびん》でならなかった。

「そうだな。ならば、師範に話してみることにしよう。玄人の碁がどんなものか、観たいもんだしな」

「おそらく、観てもさっぱり分かりませんでしょうけど」

「馬鹿にするな、音乃。これでも師範からは、筋がよいと褒められたのだぞ」

音乃と丈一郎の笑いが、雀の鳴き声と重なる。朝日はすでに地上に昇りきり、江戸の一日がはじまったところであった。

それから一刻半後の、昼四ツを報せる鐘の音を聞いて、音乃は巽家をあとにする。

向かうは、永代橋を越えたところの深川佐賀町であった。

永代橋の東詰めから、大川に並行した道を取ると、一帯が佐賀町である。道沿いは、商家が建ち並ぶところだ。

下ノ橋《したのはし》で油堀を渡ると、高さ三丈二尺の火の見櫓《やぐら》が立っている。その袂の道を行く女に、音乃は薬問屋三元堂の在り処を尋ねた。

「三元堂さんでしたら、もう少し先の中ノ橋《なかのはし》で堀を渡ったところにありますよ。あら、そんな格好で行かれますの？」

「えっ？」

どういう意味だと訊ねようとしたが、女はすたすたと立ち去っていった。

音乃は立ち止まって、自分の身形《みなり》を見やった。この日は先だってと違って、黄色が鮮やかな黄八丈を着込んでいる。

女が言った理由《わけ》を音乃が知ったのは、中ノ橋を渡りきった道沿いにある三元堂の店先まで来てであった。

大戸は閉められ、忌中《きちゅう》の札が張られている。

「どなたか、亡くなったのかしら？」

自分の身形を見やり、音乃は得心をした。

音乃が店先で立っていると、脇の路地から弔問客《ちょうもんきゃく》らしき男が出てきた。

「あっ」

見覚えのある顔に、音乃は戸惑いをもった。顔を合わせてよいのか、迷いが生じていた。だが、向こうは音乃に気づいたようだ。

「おや、あんたは……お弓ちゃんじゃねえか」

音乃をお弓と言えるのは、二人しかいない。その一人が、駒二郎であった。先日とはまったく異なる、沈んだ面相である。

「六三郎に会いに来たのか？」

「いえ、たまたま通りがかっただけ……」

はいとも言えず、音乃は心根《こころね》を誤魔化《ごまか》した。

「そうじゃねえだろ。どうやら、六三郎と気が合ったみてえだからな」

いやな目つきで、駒二郎は音乃を見やる。

「そうか……その形《なり》じゃ、六三郎が死んだってのは知らねえらしいな」

「えっ！　なんですって？」

驚きと、問いが同時に音乃の口を吐いた。

「一昨日《おととい》の晩、仙台堀の大川の吐き出しに架かる、上ノ橋《かみのはし》の橋脚に引っかかって死んでたと……酔っ払って足を踏み外したってことだが、俺にはそうは思えねえ」

「それじゃ、殺されたってこと？」

「そりゃ、俺には分からねえ」

誤っての事故でなければ、自害か誰かの手に掛かった以外にない。

駒二郎の顔は青ざめ、体が小刻みに震えてきている。何かに怯えたような尋常でないその様子に、音乃の顔からも血の気が引いている。

「駒二郎さん、何か知ってることがあるの？」

「ここじゃなんだ……」

路地を出入りする弔問客の目を気にして、駒二郎が言った。

「どこかの茶屋で、話をしよう」

駒二郎が、音乃を誘った。不埒《ふらち》な目的でないのは、目つきを見れば分かる。

「先日のお茶屋では……？」

「ああ、そこにしようか。だが、コフィは飲まさねえよ」

「あたしも、遠慮しときます」

まだ、あどけない町人娘の振りをやめることはできない。

茶処伊呂波に入ると、丸い卓に二人は間を空けず腰をかけた。音乃は少し離れたかったが、話し声を大きくはできない。仕方なく、駒二郎に寄り添う形となった。

端から見ると、相思相愛の男女に見えそうだ。

――また、あの臭い息で、音乃の顔は渋みをもっている。

駒二郎の臭い息で、音乃の顔は渋みをもっている。

「なぜに六三郎さんは……？」

座るなり、音乃が問うた。

「死んだのかってか？ 本所方《ほんじょかた》の役人は、酔っぱらっての事故と、この一件を片づけたらしい」

「でもさっき、俺にはそうは思えねえって言ったよね」

「そんなこと、言ったか？」

ここに来て、駒二郎は落ち着きを見せている。体の震えも止まっている。

もう狙いは墓荒らしではない。駒二郎の答を惚《とぼ》けと、音乃は含みを抱いた。

「それにしても、六三郎さんかわいそう。お役人さんは、不審だと疑わなかったのかしら？」

「それはどうか分からんけど、六三郎が誤って川に落ちたと証言した人がいてな」

「誰なの、それ……？」

「六三郎の兄貴で、三元堂の主の考太郎《こうたろう》さんだ。もう、四十歳を過ぎてな、六三郎とは親子ほどの齢の差がある。驚くことはねえさ。母親が違えば、そんなことはいくらでもあらあ。次男の兄貴は十年ほど前、大坂《おおさか》の商店に養子に入ったと六三郎が言ってた。やはり先妻の子でな、兄二人と六三郎は腹違いってことだ。俺んちの兄弟も、そうなんだぜ」

駒二郎は急に多弁となった。それも、けっこうな早口で音乃の耳が追いつかないほどだ。訊いていないことまで、しゃべり出す。やたらと汗を掻き、話の合い間にのどが渇くか、茶をがぶ飲みしている。

音乃は、ふと顔を顰《しか》めた。

――これって？

阿片中毒の禁断症状に、音乃の思いが及ぶ。だが、本に書かれていた阿片の症状とは若干異なる。

すでに駒二郎は、大福十個を食している。

お仙でない、大年増が注文を取りに来た。

「ほかに、ご注文は？」

三十に近い、派手な形《なり》の女であった。

「あと、大福十個。お弓ちゃんは？」

「お茶だけで、けっこうです」

頼んだ大福餅と、さらに茶が運ばれてきた。

肥《ふと》るからと音乃は茶だけを啜《すす》り、駒二郎は大福餅でほっぺたを膨らませている。あっという間に、五個は軽く平らげた。阿片の禁断症状に、甘いものを欲しがるとはなかった。

「甘いのが、お好きなのね」

別の病とも考えられる。

「ああ、甘いのには目がねえ。のども渇くしな……」

言いながら駒二郎は片手に大福、片手に湯呑をもって茶をがぶ飲みする。大きめの急須ごと茶を注文している。湯呑にして、五杯分はある。さらに、さほど暑くもないのに、額からは汗が噴き出ている。音乃は、駒二郎の様子を目を細めて見やった。

――これも、薬物の症状かしら？

やたらと動く、駒二郎の口元を見ながら音乃は思っていた。

胸を叩いて大福を腹の中に押しやり、湯呑一杯茶を呑み干して、ようやく駒二郎は一息ついた。

「何か、おかしいかい？」

音乃の苦笑いを、駒二郎が問うた。

「ええ。お口の回りに、あんこが……これで拭いてくださいな」

音乃は、手巾《しゅきん》をさし出した。

言って駒二郎は、口の周りについたあんこを拭き取る。ついでにと、額の汗も手巾で拭った。

「ありがとうよ」

汚れた手巾を、駒二郎が返す。

うっかり、律から贈られた気に入りの手巾を貸してしまった。なんでもない物だったら返してもらうこともなかったが、音乃にとっては大事なものだ。

「どういたしまして」

と言って受け取ると、袂へとしまった。

話のつづきに入る。

「ところで、三元堂さんに跡取りはいるのかしら？　つまり、ご長男の子供ってこと」

「外面のいい兄貴は、町じゃ聖人君子で通っている。男の餓鬼《がき》が三人もいる。六三郎は、うるせえ奴らだといつもこぼしていた。一番上の餓鬼は、六三郎と二つしか違わねえ。跡取りは早くから決まり、まったくの冷や飯食いとなっちまった。まるっきりの居候《いそうろう》だぜ。早く出ていけとしょっちゅう長男から言われ、六三郎は意地になっても出ていかなかったそうだ。薬屋なんてのは薬九層倍《くそうばい》と言ってな、だいたい儲かるもんなんだと。だから、六三郎は兄貴の跡目を狙っていた。ああ、奴が六三郎を殺したに違いねえ」

言葉は相変わらず早口である。それが、だんだんと呂律《ろれつ》も回らなくなり、最後にはうわ言のような言葉となって出た。そして、大きな欠伸《あくび》を一つ。

「……というと、お兄さんが？」

音乃が、驚きの表情となった。

「ちょ、ちょっと待っててくれ。厠《かわや》だ……」

音乃の呟きと同時に、駒二郎は立ち上がった。急ぎ足で去っていく。

──明らかに駒二郎はおかしい。

下痢も、阿片の症状と書いてあった。だが、しばらく待っても駒二郎は戻ってこない。

音乃は店の女に訊いた。

「駒二郎さんなら、帰りましたよ。お代はもらいましたので……」

急ぎ音乃は外へと出たが、駒二郎の姿はどこにも見当たらない。

墓荒らしから薬物、そして六三郎の不審死と音乃の頭の中は、にわかに忙がしくなった。

駒二郎の家の屋号は聞いている。仙台堀沿いは万年町にある材木問屋の高松屋と言っていた。

足を高松屋へと向けたが、すぐに気が変わった。

「……もしや？」

音乃が向かったのは、人通りのほとんどない、妙善院の裏手であった。土塀に切戸の出入り口がある。

切戸がいく分開いて揺れている。音乃は周囲に人の気配がないのを確かめ、中へと入った。すぐに竹藪がある。以前も来たことがあるので、見当はついている。音乃は、鬱蒼とした竹藪の中へと入っていった。

隣寺の相兼寺と境をなす塀へと辿り着いた。

「……たしかこのへん」

そこに、抜け穴がない。塞がれているのは、作造の手によってだろう。駒二郎もいない。もとよりここに来ていないのか、引き返したのかは定かでない。

「そうか。阿片は火種がなくては吸えないのか」

火種はすぐに調達できるものではないと、音乃は思っている。しかし今は、火打《ひうち》袋《ぶくろ》という持ち運びに便利なものがある。火打鎌《ひうちがま》、火打石、火口《ほくち》、そして付け木の一式である。手馴れた者なら、火打石で三度ほど火花を飛ばせば着火させることはできる。武家娘の音乃は、意外とそんな認識に薄い。

ここはあきらめ、音乃が引き返そうとしたときであった。

ケラケラと、女が笑うような甲高い声が塀越しに聞こえてきた。向こう側に誰かいる。穴が空いていれば、無理にでも入っていきたいところだ。音乃は壁に耳をつけ、声を拾った。

「……が死んだ。もう薬は手に……」

前後の言葉は聞き取れない。それほど壁に阻まれ、薄い声であった。

音乃は妙善院を出ると、速足で相兼寺へと回った。妙善院裏口から相兼寺山門までは、壁伝いに半周、三町ほど歩かなくてはならない。

音乃が、反対側に回ったときは、もうそこには人の姿はなかった。

できたばかりの、二人分の足跡がある。

「……もう一人誰か、真昼間からこんなところでドラグを吸っていたのね」

踏み消したばかりの木片が落ちている。鼻にあてると、今まで嗅いだことのない甘い香りがする。気分が高揚するような心持ちとなって、音乃は木片から鼻を離した。

木片をすべて拾い、手巾に包み持ち帰ることにした。

聞こえてきた小声に、駒二郎の顔が浮かぶ。死んだとは六三郎で、もう一人が誰かは分からない。以前見た、三人の足跡の一人であろうとは知れるが――。

去った足跡は草むらに消えて、その先どこに行ったか分からない。多分、墓場の中ですれ違ったのであろう。

音乃は捜すのをやめて、三元堂に向かうことにした。

第三章　逆恨みの呪縛

一

今夜が通夜で明日が弔《とむら》いと、駒二郎から聞いている。

大戸が閉まった三元堂の前を、音乃はゆっくりと歩いた。ちょっと、中に入ってみたい衝動に駆られる。

——もっと、地味な恰好で来るのだった。

それでも、三元堂の様子が知りたい。

六三郎が死んだことを、知らぬ振りして訪れればいい。

「ここは一つ、当たってやれ」

母家《おもや》に回る路地へと、音乃は入っていった。

家の中は、弔いの準備で慌しい。隣組の手伝いか、白の前掛けをした女たちが廊下を走り回っている。

音乃は、六三郎が眠る部屋へと案内された。

ちょうど焼香客が途切れ、部屋には主とみられる男が一人いるだけだ。

焼香を済ませた音乃は、四十歳過ぎの男と向き合った。六三郎の兄で、三元堂の主考太郎とは、聞かぬまでも知るところだ。

「お店の前を通り過ぎようとしましたら、六三郎さんがお亡くなりになったと聞きまして、いてもたっても堪らずお寄りさせていただきました」

「六三郎とは、どんな関わりで……？」

「はい……」

一度だけ会ったとも言えないし、深い仲だとも言えない。音乃は目尻に袂《たもと》をあて、泣く振りをして事由を考えた。

「そんなにお嘆きになるとは、六三郎も果報者だ。お付き合いをなされて、どのくらいになられるのかな？」

「……えっ？」

六三郎とは、深い仲ととらえているようだ。

「いえ、お友だち程度でして……」

「いや、六三郎が生前に言っていた。添いたい女ができて所帯をもちたいと、つい先日相談された。そのお相手ではなかろうかと思ってな。こんなきれいなお嬢さんと添え合える前に、六三郎は逝《い》ってしまった。どこまで、馬鹿な奴なんだ」

肩を落とし、嘆きのこもる口調である。その素振りや口ぶりからは、六三郎の死に関与しているとは疑えない。

駒二郎が言っていたこととは、いささか様子が異なる。

――いったい、どちらが本当なの？

外面《そとづら》のよい兄を装っているのか、音乃は試すことにした。

「初めてお会いします。失礼ですが、六三郎さんのお兄さまでしょうか？」

「ええ。手前が、この店の主で考太郎です。六三郎からは、聞いておられんかったかな？」

「はい。お家のことは、あまりお話しなさらないお方でございました」

なまじなことを言うと、つっ込まれやすくもなる。

「失礼だが、お弓さんで……？」

聞いた瞬間、音乃の心の臓がドキリと打ったが、顔は極力平静を保った。

「はい、申し遅れました。あたしが……」

嘘は言いづらいと、名は小声で誤魔化した。

「やはり、そうか。お弓さんには気の毒なことをしてしまった。六三郎の不徳は、この私が謝る、許してくれ」

深く頭を下げる考太郎に、音乃は戸惑いをもった。その実直そうな態度に、虚言はなさそうだ。となると、よいのは外面だけでもなさそうだ。

「頭を上げてください、旦那さま……」

ゆっくりと、考太郎の姿勢が戻る。

「実は……」

音乃は、本当のことを語ることにした。つまらぬ誤解は避けたいとの思いもあるが、狙いは別にあった。

「六三郎さんとは、先だって一度お会いしただけでございます。それも、わたしが茶屋に立ち寄ったときに。そこで、初めてお話をしたのです」

「なんだって、たった一度しか会っていないだと？　それじゃ、六三郎は嘘を言っていたのか」

考え込む考太郎を、音乃は黙って見やった。

「いや、違うな。六三郎はその場で一方的に想い込み、お弓さんを嫁にしたかったのだろう」

ぶつぶつと呟く声が、音乃の耳に入った。

「そう、想い込ませたあたしがいけなかったのです」

「お弓さんが謝ることはない。男なら誰だって、あんたみたいな女《ひと》と、所帯をもちたいと思うものだ。六三郎との話の中で、そんな誤解を生むようなことを言わなかったかな？」

「またお会いしましょうとは言いましたが……」

「たった、それだけのことで所帯をもちたいなどと……あいつには、妄想する癖があったからな」

妄想という言葉に、音乃は引っかかる。本にも、その文字が出ていたからだ。

もしやと思うものの、音乃の口から出たのは別の言葉であった。

「はい。ですが、こんな形で、再会するとは思いもよりませんでした」

目尻を袂《たもと》で拭いながら、

「ところで、六三郎さんのことですが……」

いよいよ薬物のことに触れようとしたところで、障子の外から声がかかった。

「万次郎さまがおこしになられました」

「おお、そうか。入っていただきなさい」

障子が開くと、頬に三寸の傷痕がある六十半ばの齢《とし》のいった男が入ってきた。利《り》休帽《きゅうぼう》をとった頭は、見事な禿頭であった。

――まさか。

驚くも、音乃は顔にも声にも出さない。

老齢の男も、音乃を一瞥してわずかに首を傾け眉を顰《ひそ》めたが、すぐに元の表情へと戻した。音乃は、皺顔の変化に気づいてはいない。

「わざわざ来ていただき……」

「このたびは、ご愁傷さまのことで。報せを聞いて、取るものもとりあえず……」

語尾がくぐもるのは、このようなときの礼儀でもある。

「それはそれは……」

考太郎の顔は、すでに音乃には向いていない。となると、席を立たなくてはならない。

「それでは、これで失礼をいたします」

「ご苦労さまでしたな」

探りは、またの機会となった。

三元堂の母家から出た音乃は、表通りのもの陰で万次郎が出てくるのを待った。

音乃の推量が正しければ、間違いなくあの老体はお涼の父親万次郎である。

齢は六十半ばで、頰に夜盗に襲われたときの古傷がある。

聞いていた容貌と、違わない。あそこまで合致するとは、偶然にしたってありえないことだ。

思わぬところで、初めて目にする顔であった。

初見の印象としては、元商人にしては目つきの鋭さを音乃は感じていた。悪相は、傷痕からくるものか。そのせいで、商人としてやっていけなくなったと、お涼は言っていた。

律から聞いた話を、音乃は直《じか》にお涼から聞いたような感覚にとらわれた。

――でも、それ以上に険《けん》がありそう。

体全体からかもし出される雰囲気が、音乃にそう思わせた。

取るものもとりあえず来たと言っていた。通夜や葬儀の席でなく、急の報せによって駆けつけたとなれば、かなり親しい間柄と取れる。

その関わりを、音乃は想像した。

霊巌島に来る前に、深川に住んでいたとお涼の話である。だとすれば、親しい知人であったとしてもなんら不思議ではない。余計な詮索かと、音乃は思うところもあった。

焼香を済ませてすぐに出てくると思ったものの、万次郎はなかなか出てこない。昼八ツを報せる鐘が聞こえてから久しい。

外で待つこと、およそ四半刻。ようやく路地から、万次郎が姿を現した。うしろに、考太郎の姿もある。表通りまで出て、考太郎が深く頭を下げて見送っている。

その応対からも、深い関わりを感じる。

どれほどの関わりなのか、音乃は俄然と興が湧いてきた。

考太郎が、路地に引っ込んだところで、音乃はもの陰から出ると万次郎のあとを追った。

確かめることはなかろうと思えど、追わずにはいられない。この目ではっきりと、お涼の父親であることを見ておきたかったからだ。

禿頭に利休帽を被せている姿は、見るからに隠居である。だが、杖ももたず歩きも矍鑠《かくしゃく》としている。音乃が想像していた以上に、元気そうである。

——あれなら、お涼ちゃんが放っておいても安心でしょう。

音乃は、どこかほっとする心持ちになった。

永代橋を渡り、豊海橋《とよみばし》から霊巌島に入る。やはり向かうは川口町の方向である。稲荷神社の向かいの路地を入ったのは、お涼と同じである。

万次郎とは、いつか顔を合わせることもあろう。そのときは、音乃のことを思い出すかもしれない。三元堂にいた言い訳を考えておかなくてはならないと、音乃は思いながら家路についた。

二

昼八ツ半ごろになって、丈一郎が囲碁道場から戻ってきた。

音乃とは、四半刻ほどの違いであった。

「もっと早く戻りたかったが、盆栽壊しのことで話し合っていてな……」

「わたしも、四半刻ほど前に戻りました」

音乃は、囲碁道場まで行きたい衝動に駆られていたが、グッと押さえて丈一郎の帰りを待っていた。もうすぐ戻るのに、野暮《やぼ》なことはしたくないと。

「ほう、ずいぶんと深川には長くいたようだな。何か、あったか？」

音乃は、この日の出来事を最初《はな》から切り出した。語る最中で、丈一郎は驚愕の声を二度ほどあげることになる。

丈一郎が驚いたのは、六三郎が不慮の死を遂げたのと、お涼の父である万次郎が弔問に来たという件《くだり》であった。

そして丈一郎は、さらに驚くことになる。音乃が、薬物のことを話そうという気になったからだ。

駒二郎の不穏な様子からして、ここが語る潮どきと音乃は取った。丈一郎だけには、知っておいてもらいたい。

「実は、お義父《とう》さま……」

いきなり言葉からだと、丈一郎の頭の中が混乱するだろうと、音乃は袂から手巾を取り出した。

「墓荒らしのことを探っておりましたら……」

声音を落として、音乃が切り出す。

「お義母《かあ》さまからいただいたものですが、うっかり汚してしまいました」

「焦げた木片ではないか。これがどうした？」

「ちょっと、匂いを嗅いでみてください」

理由《わけ》も分からずに、丈一郎は手巾に鼻を当てた。

「なんにも感じないが……」

「えっ？」

音乃は手巾を受け取ると、自分の鼻をあてた。かなり匂いが薄まっている。

木片を拾ってから、一刻以上が経つ。その間に、匂いも消えていったのだろうか。

「少しばかり、ときが経ってしまったようです」

音乃は、言い訳から説いた。

「ほう、今まで嗅いだことのない匂いってか。どれ、もう一度貸してみろ」

丈一郎が再度手巾を鼻に当てた。

「そういえば、甘いような匂いがかすかにするな。それで、どうした？」

「お義父さまに先《せん》だって、ドラグとはなんでしょうかとお訊きしたことを覚えておられますか？」

「ああ、そんなことがあったな」

「異国語のドラグという意味が分かりました。ちょっと、お待ちくださいませ」

音乃は立ち上がると、自分の部屋から『清國見聞録』をもってきた。

「ここをお読みください」

栞《しおり》がしてある丁を開き、音乃は丈一郎に向けた。

黙読しながら、丈一郎の様相がはっきり変わっていくのが分かる。

「これは……？」

読み終えて、丈一郎の驚く顔が音乃に向いた。

「ドラグとは、阿片と同じ危ない薬の意味でした。それが、六三郎さんと駒二郎さんに、関わりがあるものと。おそらく、これがドラグの煙を吸っていた木片……」

音乃は、相兼寺で見聞きした経緯を語った。

「墓荒らしどころではないな」

唖然とした口調で、丈一郎が言った。

「まさか、そんなものがこの国にあるとは……」

「それで、源心先生にお訊きしましたら、まだ江戸というよりこの国には伝わってないと。もしそれが真実《まこと》なら、大変なことになるとおっしゃってました」

「ああ。おれとても、そんな話は聞いたことがないぞ。さぁて、どういたそうか……？」

うーんと唸り声を発しながら、丈一郎は思案をする。しばし考え、音乃に顔が向いた。

「これは、梶村様に話しておいたほうがよいかもしれんな」

「はい。わたしもそう考えておりました」

「ならば、さっそく……」

「少々お待ちください、お義父さま」

与力梶村とつなぎをつけるため、立ち上がろうとする丈一郎を音乃が止めた。

「どうかしたか？　こいつは、早いところ手を打たんと……」

「お奉行様は、お義父さまとわたしに、このことを探れと仰せ付けられたのではないかと思いまして。ならば、駒二郎さんの様子だけでは、確たる証《あか》しには……」

音乃は、先ほどの駒二郎の様子を動かぬ証しと踏んでいる。だが、木片だけではまだ実証に薄い。せめて薬物を吸引しているところを見るとか、現物を押さえるかしないと空回りになる恐れがある。事《こと》は、慎重に当たれということだ。

音乃は、自分にも言い聞かすように、丈一郎に説いた。

「先ほど駒二郎さんを見失ったのが、残念でなりません」

「なるほどな」

「ですが、これは駒二郎さんを捕まえただけでは解決しないものと思われます。かえって勇み足となって、大きなところを逃がしてしまうことにもなりかねません」

「そうか。ご禁制の抜け荷には、必ず胴元とか元締ってのがいるからな。小魚ではなく、大魚とか」

「むしろ、さらに極秘の探索が肝心かと」

「そこまで踏み込めというのが……」

「お奉行様からの、お達しだと思われます」

音乃と丈一郎の掛け合いであった。

「まずは、もっと駒二郎さんのことを探り、動かぬ証しを摑んでまいります。そこに、六三郎さんの死がどこまで絡んでいるか……。わたしは明日、葬儀に参列しようと思っております。駒二郎さんが、来るかもしれませんし」

「おれも、行こうか」

「ここはわたし一人のほうがよろしいかと。町屋娘のお弓という名で行きますので」

「よし。そこは、音乃に任せた」

一度立ち上がりかけた丈一郎を、音乃が引き止めた。

「ちょっとお義父さまにお訊きしたいことが……」

――町屋の娘は、どんな恰好で他人の葬儀に行くのだろう。

どんな恰好をして、香典もいくら包んでいいのか分からない。町屋娘なりの相場があるのではないかと、音乃は思い煩《わずら》った。

「そのあたりに気が利かないのが、町屋娘らしいところだ。むしろ、香典など出したら怪しまれる。数珠くらいはもっていったほうがいいだろ」

極力地味な衣装で、香典はいらぬと、丈一郎の助言を得た。

「どうせお弓という偽りの名ですから、いい加減でよろしいですね」

音乃も得心し、ほっと安堵の息を吐いた。

「それと、どんな人物と関わりがあるかもな。弔いというのは、そういったことがよく知れる好機でもある」

町方同心としての、常套手段を丈一郎は説いた。

翌日、音乃は黒っぽい地味な衣装で三元堂へと赴《おもむ》いた。

島田髷《まげ》も、鼈甲《べっこう》の櫛《くし》一本でまとめ、ほかに飾りはない。町屋娘の、弔問としての恰好は充分である。

三部屋をぶち抜いた座敷には、五十人ほどが座っている。母家に入りきれない人たちは、庭に立っての焼香である。音乃は、庭にも設《しつら》えられた焼香台で弔いを済ますと、周囲を見回した。

見知らぬ人たちばかりが目に入る。参列者全員の顔が拝めるのは、野辺の送りで母家の外に出たときである。音乃は、その機会を庭の片隅に立って待った。

上座に、祭壇が設えてある。そこから僧侶の読経が聞こえてくる。般若心経《はんにゃしんぎょう》が唱えられ、やがて木魚《もくぎょ》の拍子に合わせ、念仏が音階をもって延々とつづく。

「南無釈迦尊言阿弥陀仏　南無釈迦尊言阿弥陀仏　南無釈迦……」

唱える声に、音乃は聞き覚えがあった。

「……あれは、相兼寺の和尚さまの声」

やはり三元堂の菩提寺は、相兼寺であったとこれで知れる。

やがて僧侶の声が止み、参列者たちが外へと出てきた。その中に、音乃は二人の姿を探した。一人は万次郎で、もう一人は駒二郎である。だが、駒二郎の姿は終始見当たらず、代わりに音乃が目を瞠《みは》ったのは額に黒子《ほくろ》のある男を見かけたからだ。しかし、五十歳がらみで若くはない。

「……どこかで、聞いたことがある」

音乃は呟くと同時に思い出した。

「茶処伊呂波の主で、お仙さんのお父っつぁん……」

聞いていた齢《とし》恰好と合う。それだけならば、音乃もさして気にかけることはなかった。だが、そのあとの光景に音乃の驚く目が向く。

「あれは……」

戸口から出てきた万次郎の姿を見つけ、音乃は目で追った。傍にお涼がいると思ったが、万次郎一人での参列のようだ。その万次郎が、一人の男に向かって歩いていく。万次郎と、向かい合った男の額に黒子があった。顔見知り程度の知り合いならば、笑みの一つもこぼれるだろうが、二人は真顔でもって語り合っている。

「……そうか、ここは深川だった」

弔いの場なら、笑いは不謹慎であろう。それに、お涼の話では、深川には四、五年住んでいたという。知り合いであってもなんら不思議ではないと、音乃は別のほうに思いを馳せた。

「……駒二郎さんが、いない」

きのうは、朝から弔問に駆けつけたほどの間柄である。葬儀には、必ず顔を出すと思っていた。

「親友だというのに、おかしい」

独《ひと》りごちながらも、虫の知らせにも似た不快な感覚が、音乃の胸の内をよぎった。

三

表通りに出て、野辺送りの葬列を見送るまでが、音乃の葬儀での参列であった。

考太郎が、険しい顔をして葬列の先頭に立っている。そのうしろを歩く三人の子供は、六三郎が嫌っていた甥《おい》たちであろう。下の二人は十歳前後と幼く、互いにふざけ合って騒いでいる。

「静かにしてろ！」

考太郎の一喝があって、子供たちはおとなしくなった。

参列者の中には、とうとう駒二郎の姿はなかった。

葬列が遠ざかり、音乃が動き出そうとしたところであった。

不意にうしろから肩を叩かれ、音乃は心の臓が飛び出すほど驚いた。その形相で振り向くと、六十半ばの老人が立っている。禿頭に目がいき、それが万次郎だと音乃はすぐに分かった。

「昨日の娘さんだな。たしか、お弓さんと聞いたが……」

「はい……」

音乃の表情は、驚きから訝しげに変わった。

「これほどの別嬪なら、六三郎が言い寄るのも……いや、昨日ここの主から聞いてな。たった一度しか会ったことがないというのに、葬儀に参列したのか。今どきの若い娘にしては感心と、思わず声をかけてしまった。すまなかったな、驚かせて。それじゃ、これで……」

音乃が言葉を返す間もなく、万次郎は去っていった。そのうしろ姿が、人混みの中に消えるまで、音乃は見送った。

音乃は、霊巌島には戻らず、逆方向に足を向けた。

行く先は、仙台堀沿いは万年町の高松屋である。

一度前を通ったことがあるので、すぐに高松屋は見つかった。音乃は様子を見るため、すぐには店に入らず周囲を一回りすることにした。

通りから奥まった、だだっ広い材木置場には角材などが立てかけられ、太い丸太などが山積みになっている。

一個所、積んである丸太が崩れているところがある。そこで、黒羽織を纏った役人風の男が、帳面を開いて書き込みをしている。

「……あの方が、高積見廻りというお役人さん」

材木が崩れたり、出火することはないかと見廻る役目の町奉行所同心である。丈一郎の囲碁仲間の中に、その役目から身を引いた者がいると音乃は聞いた。

番頭風の男が高積見廻り役人の相手をしている。音乃は何気なく近づき、話し声を拾った。

「しっかりと縛っておかなくては駄目ではないか」

聞くとはなしに、音乃の耳に役人の声が届いた。

「申しわけございません。すぐに、積み直しをさせますので」

「これは、番頭としてのそなたの怠慢であるぞ」

「はい。畏《おそ》れ入ります」

「あとは、問題ないようだな」

役人の機嫌が直ったのは、袖の中に小さな包みが投げ込まれたからだ。

不正を目にしたものの、音乃が口を出すことではない。しゃしゃり出ることはなかった。

「以後、気をつけるように」

と言って、役人は去っていった。

音乃は番頭に声をかけ、駒二郎を呼び出してもらおうとしたが、その暇はなかった。

番頭は、音乃に目もくれず店に向かうと、すぐさま五人の材木運びの人足たちを連れて引き返してきた。

「崩れている丸太を、すぐに積み直せ」

「はい。ですが、きのう見たときは、なんでもなかったんですがね」

「いいから、早く積み直せ。役人から、えらく叱られたぞ」

音乃が近くで見ていることに、番頭は気づいていない。

「ごめんください……」

音乃は近づき、番頭に声をかけた。しかめっ面で振り向いた番頭は、音乃の顔を見るなり表情が緩んだ。

「おや、娘さん。こんなところに入ってきたら駄目だな」

番頭の、不穏そうな表情が音乃に向いた。無断で敷地に入ったことを、拒んでいるようだ。

「すみません、勝手に入ってきて」

「いや、分かればいいが。それで用事はなんだね？」

「駒二郎さんはおいでになりますかしら？」

「若旦那か。いや、きのうから戻ってないようだが……」

一晩帰らずとも、気にもとめてなさそうな番頭の様子である。放蕩息子には、ありがちなことと、音乃も得心する思いであった。

「左様ですか……」

音乃の落胆した様子に、番頭の不思議そうな表情が向いた。

「若旦那に、何か……？」

番頭が、音乃に向けて問うたそのとき——。

「うわぁーっ！」

人足の、耳をつんざくほどの驚愕があたりに轟いた。

「何があった？」

番頭が近寄り、音乃もあとにつづいた。

「わっ、若旦那……」

震えで、番頭の声がかすれている。

「えっ？」

音乃は、番頭の脇に立つと目線を丸太材の下に向けた。

崩れた丸太の下敷きになって、駒二郎が褌《ふんどし》一丁の裸の姿で、頭からおびただしい血を流して倒れている。すでに呼吸もなく、生きてはいないようだ。

「はっ、早くおっ、おお大だだ旦那をよっ、呼んで……」

番頭が、うろたえた様子で人足に指示する。

「はっ、はい」

五人がそろって全員、店の中へと駆け込んでいった。二人くらいは残っていてもよさそうだが、慌てふためくと状況判断ができなくなる。

「お役人さまにも、お報せしたほうがよろしいかと」

音乃が、番頭に向けて進言をする。

「あっ、ああ……」

口をあんぐりと開けての返事に、気持ちはどこかに飛んでしまっているようで、なんとも頼りない。

「誰か一人残っていれば……」

じれったさが、音乃を苛《さいな》む。

「わたしが呼んできます」

「ちょっと、待ってくれ」

動き出そうとしたところで、番頭の声がかかった。

「はぁ？」

音乃が振り向くと、番頭が首を振って止めている。その様子は、うろたえるでもなく真顔であった。

「大旦那さまが来るまで、役人には報せないでくれ」

動きようもなく音乃が立っていると、五人の人足たちの中に、一人壮年の男が交じって駆けつけてきた。

「駒二郎……」

愕然とした面持ちで、変わり果てた姿の倅を見やっている。だが、その様子はつかの間で、すぐに自分を取り戻したようだ。

「早く、駒二郎を家の中に入れなさい」

番頭に向けて、指示を出す。

「はい」

二人の手に、戸板がもたれている。

「運ぶのは、二人だけでいいだろう。あとの者は、丸太をきちんと積んでおきなさい」

指示をするのは、番頭であった。もう、慌てている様子はない。

駒二郎が、人足たちの手により戸板に載せられた。

「私の部屋に運びなさい」

主が歩き出そうとしたところで、足が止まった。

「ん……？」

近くで成行きを見やる音乃に、主の顔が向いた。

音乃は、小さく頭を下げた。

「なんだね、おまえさんは？」

色黒の締まった顔が、音乃に問いを向けた。五十歳はいくらか過ぎているだろうか。

丈一郎と、同じ齢ほどの男であった。

「若旦那に用事があったそうで……」

番頭が、主の問いに答えた。

「おまえには、訊いていない。娘に答えさせろ」

「はい、申しわけございません」

「なんで、こんなところにいる？　ここは、娘が来るところではないぞ」

「ごめんなさい。駒二郎さんに用事があってうかがったのですが、先ほどおりましたお役人さんと知り合いだったものでして、声をかけようとつい……」

音乃の、咄嗟《とっさ》の言い訳であった。

「役人が来てたと？」

「はい。高積見廻りの役人が調べを……」

崩れている丸太の下で、駒二郎が死んでいるのには役人も気づかなかった。そんな経緯を、番頭が語った。

「うーむ」

と一考してから、再び主の顔が音乃に向いた。

怪しい者でも見るような、そんな目つきで音乃を見ている。

「駒二郎に、なんの用事があったのだね？」

「先だって、助けていただきまして……」

「駒二郎が、あんたを助けただと？」

「はい。無頼に襲われているところを」

「こいつに、そんな勇気があったかな？」

戸板に載せられた駒二郎を見やりながら、主が口にする。

「まあいい。ところで、娘さん……」

「はい」

「このことは、誰にも話さんでくれんか」

「えっ、お役人さまに報せないでもよろしいのですか？」

誰が見ても、単なる事故とは思えないだろう。殺されたのかもしれないのだ。

「とんでもない！」

若旦那の死を表沙汰にせず、隠そうとする気配が感じられた。

「番頭さん、この娘さんのことは任せた。さあ、運ぶぞ」

言い残すと主は、駒二郎の遺骸に寄り添い母家の中へと入っていった。

四

現場に、音乃と番頭が残った。

「どこの娘さんか知らんが、今見たことは誰にもしゃべらんでもらいたいのだが」

「分かりました。でも、なぜなんです？　若旦那さんはもしかしたら……」

殺されたかと、滅多なことは言えない。丸太の下敷きならば、事故も考えられる。

だが、褌一丁の裸では、そうは思えないのがむしろ自然である。

「しーっ、余計なことは言わんでくれ」

あたりを見回し、番頭が口止めをした。

音乃にしてみれば、これほど不可解なことはない。跡取りの不審死で、黙っていろとは前代未聞のことである。思えば、三元堂の六三郎も事故として片づけられた。二人の大店の倅が、奇《く》しくも不慮の死を遂げた。それが、殺されたかもしれないというのに、家族のほうから隠匿される。

――こんな不合理なことが、世の中にあろうか？

絶対に、あり得ない。

ここで音乃に、思いつくことがあった。

――もしかしたら、薬物に溺れたことを知っていて？

このことが世間に知れたら、店の存続どころではない。ならば、隠したくなる気持ちは分かる。

音乃の自問自答は、面相には表れない。

番頭が口止めをする、理由《わけ》だけでもここは知りたい。

袂から手巾を取り出し、音乃は目尻を拭う。きのうのものとは違う、新しい手巾を用意してきたのだが、使う用途が違った。

ょうね」

「駒二郎さんが、かわいそう。材木の下敷きになったなんて、さぞかし重かったでし

嘆きながら、番頭への問いを音乃は模索していた。

「……なんで、丸太の下なんかに？」

番頭に聞こえるほどの呟きであった。

「娘さん、一切そのことは口に出さんでくれ」

今までにない、番頭の凄む目つきであった。なぜにと口には出さず、音乃は怪訝そうな眼差しで問うた。

「理由《わけ》を語らねばいかんか」

「………」

音乃は、無言でうなずいた。

「今、高松屋は大事なときにあってな……」

そこまで語り、番頭の言葉が途絶えた。その先を言うかどうか、迷っているようにも見える。

「大事なことって？」

音乃の促しに、番頭の口が再び動き出す。

「幕府の御用達《ごようたし》になれるかどうかの瀬戸際なのだ。そんな最中、若旦那の死が不祥事と取られたら、すべてが水の泡だ。口惜しいが、材木が崩れて死んだとは口が裂けても言えんのだよ」

よほど、世間の醜聞が怖いらしい。

「分かりました。わたし、絶対に他人には話しません。だから、ご安心してくださ い」

音乃は、得心をした表情を浮かべ、引き上げることにした。

「そうか、お願いするよ。ところで、娘さんの名はなんていうんだい？」

「あたしは、弓。弓矢のゆみです」

これで弓の名を知るのは五人目である。その内二人は、もうこの世にはいない。

「お弓さんか」

「番頭さんは？」

「わたしは、友蔵《ともぞう》だ」

「友蔵さん、若旦那さんをねんごろに弔ってくださいね」

「ああ、当然だ」

音乃は、一礼を残してその場をあとにする。

「南無釈迦尊言阿弥陀仏　南無しゃか……」

背中で友蔵の、念仏を唱える声が聞こえてきた。

「……ここも、うちと同じ宗旨なんだ」

仙台堀沿いの通りを行き交う人々は誰も、高松屋に何があったか、まだ知るはずもない。


音乃が家に戻り、それから半刻ほどして丈一郎が帰ってきた。

昼八ツの鐘が鳴って、四半刻ほど経ったころである。

「大変なことが起きました」

前置きもなく音乃は、丈一郎と向かい合うなり切り出した。

丈一郎は他人ではなく、身内である。嘘ではないと、音乃は心の内で友蔵に詫びた。

「どうかしたか？」

「材木問屋高松屋の、駒二郎さんが亡くなりました」

「なんだって！」

驚く声が、家の中に轟く。

「あなた、どうかなされましたか？」

律が、血相を変えて駆けつけてきた。

「いや、音乃が驚くことを口にしたのでな」

驚愕は一瞬で、すぐに丈一郎は落ち着きを見せている。

三元堂の葬式よりも先に、高松屋の材木置場で起きたことの、一部始終を丈一郎に向けて語った。

「幕府御用達になりたいがため、役人に届けないというのか。跡取り息子が不自然な死を遂げたというのに」

呆れ返った、丈一郎の表情かつ口調であった。

「ならば、考えられんこともないな。世の中には、よくあることだ」

いっときは驚いたものの、世間の非情さに多く関わった丈一郎には、むしろ当然のことのように思えてきたようだ。

「わたしには、どうもそれだけと思えないことが……」

「薬物のことを、知ってたってことか？」

「もしや、と思います」

「なるほどな。だがここは、番頭の言うところが本筋かもしれん。薬物のことまで隠そうとしていたら、音乃を黙って帰しはしないだろう。口を封じるために、なんらかの手段を講じるのではないのか。まさか、殺されることはないだろうが、脅しにかけられるとか……」

丈一郎の言っていることに一理あると音乃は思うも、心の中では殺しの線も捨てきれてはいない。

「いずれにしても、高松屋をもっと探りたくなりました」

「そうだな。墓荒らしが、こんなことになるとは……」

「まさに、藪《やぶ》を突っついたら……」

「大蛇が出てきたってか」

ここでも音乃と丈一郎の掛け合いとなった。

駒二郎の話を置いて、音乃は三元堂の葬儀の様子を語った。

「三元堂は、まともな葬式だったか」

「参列者も多く、大店らしい葬儀でありました。万次郎さんも来られておられました。それに……」

「額に黒子のある男か。万次郎さんは、いろいろな人たちと関わりがあるようだな」

「深川に長く住んでいれば、顔も広くなるのでございましょう」

「なるほど。ところで、その万次郎さんのことだが……」

「何か……？」

「帰りしな、甚平店に寄って万次郎さんと会ってきた」

「いかがでした、ご様子は？」

「そこで囲碁の話をしたのだが、師範とは対戦できないと断られた。できませんと、断言の一言でな。自分でも教えを乞うたが、首を大きく横に振られた。理由は語らんかったが、そのときの目つきが、どうにもおれには気にかかった」

「お義父さまには、いかが思われました？」

「二つある。一つは、囲碁に対して確たる信念をもっているか……」

「もう一つは……？」

「極めてではあるが、まったく打てないかへぼのどちらかだ」

「そうなると、お涼ちゃんが嘘を言ってることになりますが」

「だから、極めてというのだ。確たる信念のほうで間違いなかろうが、それにしても頑《かたく》な過ぎると思ってな」

　囲碁で飯を食う者なら分かるが、たかだか素人に毛が生えた程度にしては固すぎるというのが、丈一郎の見方であった。

「それと、後者を思ったのはだな……」

「後者とは、へぼのほうですか？」

「うん。毎日石を並べているとお涼ちゃんは言ってたようだが、六畳一間の家の中に碁盤は置いてなかった」

「枕屏風の陰にでも……」

「その奥には、夜具などが置かれているのだろう。それと、碁盤は重いからな、しょっちゅう使うとなれば、出しっぱなしにしているはずだ」

「……なるほど」

音乃も感ずるところがあり、うなずきながらも首を傾げた。

――だとすると、お涼ちゃんはなぜに嘘をつく。

何気ない会話の中にでも、ふと六感に触れることがある。

音乃が、お涼に疑問を感じた瞬間であった。

疑いなど微塵も抱きたくない。できることなら、気のせいであってほしい。だが、一度沸き上がった疑問は、音乃の心の中に鳥黐《とりもち》のようにこびりついた。

五

それから中一日置いて、四月《うづき》も半ばであった。

春爛漫を通り越し、陽気はすでに初夏である。

その日音乃は、朝から源三と共に深川へと向かった。この日が駒二郎の通夜か葬儀と当たりをつけたからだ。遠目から、高松屋の様子をうかがうつもりであった。誰が弔問しているかを知るためと、駒二郎の死因が、どのように触れられているかを探るためである。

源三を伴ったのは、音乃一人では手に負えぬと感じたからだ。源三には、今までの経緯をすべて話してある。ドラグの件《くだり》では、さすが源三も驚いたが、阿片を含め、危ない薬物のことで知っていることは何もないと言っていた。

高松屋の近くまで来て、音乃は大きく首を傾げた。

「何か、変……」

呟くように、音乃が口にした。

「そうでやんすねえ」

音乃の呟きの意味が、源三も分かっているようだ。

店先に、丸太の積まれた荷車が一台停まっている。その先には牽馬《ひきうま》が一頭、鼻息も荒く出発を待っている。材木問屋の、出荷の光景であった。

店の中から、音乃の知った顔の人足が二人出てきた。あとから友蔵という番頭が出てきて、二人に声をかけた。人足たちは、友蔵に向け二、三度頭を下げると馬の手綱を取って荷車を牽いた。その、一連の動きを音乃と源三は、十間ほど離れたところで見やっていた。

若旦那の駒二郎が死んだのが、一昨日《おととい》で、どんなに早くても昨日がお通夜で、今日が葬式という段取りであろう。だが、店はもう商いで動いている。

「いったい、どういうこと？」

「弔いは済んだんですかねえ？　だとすると、段取りが早すぎやしませんか」

鬼瓦を髣髴《ほうふつ》とさせる、源三の四角く厳つい顔が小さく傾きをもった。

「源三さんも、そう思います？」

「へえ。跡取り息子が死んだ日にすぐに通夜で、翌日葬式だなんて、聞いたことがありませんや」

「どうなってるのかしらん？」

近在の親類縁者、知人などに知らせを出すだけでも一、二日は要するはずだ。

「あっしが行って、聞き込んできやしょうか？」

「お願いできるかしら？」

面が割れている音乃が探るより、源三に任せたほうがよいとの判断であった。

音乃はもの陰で待ち、源三が高松屋へと向かった。羽織を脱ぎ、源三の着流し姿は遊び人風である。強面《こわもて》の借金取りでは、よく見かける風貌だ。具合よく、奉公人が一人店先に顔を出した。源三は、その奉公人に声をかけた。二言三言、言葉を交わすと、源三が音乃のもとへと戻ってきた。

「何か、分かりました？」

「若旦那の駒二郎さんに金を貸して、取りに来たと言いやしたら、妙な返答がありやしたぜ」

「どんな……？」

「駒二郎は、紀州《きしゅう》まで材木の買い付けに出かけてるってことでさ。死んだなんて、一言も言わなかったですぜ」

「えっ！　まさか、亡くなったことまで隠しているとでも？」

死因を隠匿するなら、まだ話は分かる。

驚きと疑問が、音乃の頭の中に同居した。

「そんなことが、できるのかしら？　遺体は、どこにあるというの？」

音乃の胸に去来するのは、不可解さだけである。

「店ぐるみで、若旦那の死を隠しているとしかいえやせんぜ」

「なんのために……？」

幕府の御用達が理由にしては、かなり不可解である。

「さぁ、あっしに訊かれやしても」

分からないと、源三は首を振る。音乃は、そんな源三の仕草を見ることもなく、思案に耽《ふけ》った。

――それほどまでして、幕府の御用達となりたいの？

「音乃さんは、何をお考えで……？」

遠くを見つめて考える音乃に、源三の問いがかかった。

「ごめんなさい。息子の死と幕府の御用達、どちらが大事かと思ってました」

「どういうことで？」

通りを行き交う人が、怪訝そうに目をくれている。

「立ち話もなんです。どこかで、お茶でも飲んで……そうだ、よいところがある」

音乃は、思い浮かぶと同時に動き出した。向かうは、先だって駒二郎が大福餅を二十個以上も食した茶処伊呂波であった。

源三が、店の中を見回している。

「へえ、こんな店があるんですねえ」

内装の意匠に、源三がぎょろつく目を瞠《みは》らせている。

それほど旨いものかと、音乃は大福餅を注文した。松千堂の大福餅を食べ損なった思いもある。

大福餅を食しながら考えても、明快な答が出るわけでもない。

「店の暖簾《のれん》が一番大事だと思えば、放蕩息子なんて邪魔でしかねえ。お大尽の、考えそうなところですぜ」

「それにしても、お弔いをしないなんて……」

源三の話で、音乃は世の儚《はかな》さが身に染みる思いとなった。

「高松屋の外で、若旦那の死を知ってるのは、音乃さんだけですかい？」

「あれだけ隠そうとしていれば、そういうことになりますね」

音乃が答えたそこに、

「お茶はいかがですか？」

駒二郎が抱えていた大ぶりの急須に茶を淹れて、茶屋の女が丸卓の脇に立った。お仙ではなく、先だっての派手な形《なり》をした女であった。この日も、一段と化粧を濃くしている。

「ちょっと、お訊きしたいことが……」

音乃が、普段の駒二郎の様子を訊ねた。女も、音乃のことを覚えていた。

「あまりこちらでは、そういうことは……ご自分でお訊きしたらいかがです」

素っ気ない返事は、身形とよく似合っている。

「ですが、そのお方は……」

音乃は、途中で言葉を止めた。駒二郎の死を知っているかどうか訊こうとしたが、こんな女に訊いても仕方ないと思ったからだ。それに、言葉と態度からして、おのずから答は分かる。

「まだ、何か……？」

「いいえ、よろしいです」

音乃の顔が、源三に向いた。

「源三さん、お墓に行ってみません？」

「そうでやした。せっかく深川に来たんだ、たまには真之介さんに挨拶をしていかねえと……」

音乃には、別の思惑があった。

伊呂波を出て、相兼寺へと向かう。町屋娘に扮した音乃と、源三が並んで歩くうしろ姿は親子に見えるが、前から見ると似ても似つかない。

巽家先祖代々の墓は、きれいに仕上げられ、あれ以後の悪戯《いたずら》はない。

源三は、手ぶらで来たことを詫び、手だけを合わせての墓参となった。

音乃は、住職に用事があった。このところ、立てつづけに来る音乃に、住職の顔も緩んでいる。仏に仕える身でも、別嬪には弱そうだ。

「これはこれは、音乃さん……」

庫裏の自部屋に案内し、下にも置かないもてなしをする。

「これ朴念、何をしている。先だって、檀家総代からいただいた最中があるだろう。あれを、もってきなさい」

「和尚さま、もうとっくにいただきました」

「そうだったか……」

「お心遣いなく。それよりも、お訊きしたいことがございまして」

住職と小僧のやり取りの、音乃は間に入った。

「ほう、訊きたいこととは墓荒らしのことですかな？」

「いえ、そのほうはまったく誰の仕業か。ところで先日、三元堂の六三郎さんがお亡くなりになって、お弔いをしたかと存じますが……」

「ああ、したが……」

「それはともかく、材木問屋の高松屋さんもこちらのお檀家でございましょうか？」

音乃の問いに、にこやかだった住職の顔が瞬時に険しくなった。顔色も、いく分青ざめたようだ。

音乃は、脇に座る源三と目を合わせると、小さくうなずきが返った。

「和尚さまは、駒二郎さんが亡くなられたことをご存じなのですね？」

「…………」

無言ではあるが、答が面相に表れている。僧侶ともなれば、嘘を吐くのは苦手なようだ。

「高松屋さん以外では、駒二郎さんの死を知っているのは、おそらくわたしだけ」

「どうして、それを……？」

「申しわけないですが、事情《わけ》あって今は言えません。どういうわけか、高松屋さんは店ぐるみで駒二郎さんの死を隠しているようです。今しがた高松屋さんに弔問に訪れたところ……」

音乃は、高松屋の様子を語った。

「そうか、音乃さんは知っておったのか。となると、町屋娘のその姿は……」

「はい。真之介さまの名代《みょうだい》として」

相兼寺の住職ならば、このくらいのことは語ってもよい。住職も心得ているようで、余計な詮索をすることはない。

「そういうことか。それで、何を知りたいのかな？」

「もう、お弔いはなされたのですか？」

「一昨日《おととい》の夜、ご遺体がもち込まれてな……」

駒二郎が死んだ晩、高松屋の主から、土下座をされて弔いを頼まれたという。普段から、多大な寄進を施され、寺では無下《むげ》にはできない事情があった。

昨日の朝、寺の本堂で身内だけの弔いがいとなまれ、埋葬されたとのことだ。

「ご参列は、ご家族とお店の人だけだったのでしょうか？」

「いや、たったの三人だけだ。店の者で来たのは、番頭さん一人でな、寂しい葬儀であった」

「すると、あと二人はご家族ってことですか？」

「ああ、そうだ。駒二郎の他にご家族は三人いるのだが、一人はとうとう来なんだ」

来たのは主の徳兵衛《とくべえ》と、その後妻で駒二郎の実母であるお里《さと》、そして番頭の友蔵だけであった。

「もう一人の、ご家族とおっしゃいますのは？」

「徳兵衛さんの先妻の子で、与一《よいち》という長男だ。駒二郎さんとは、七つほど齢が上でな……」

「でも、駒二郎さんが跡取りと聞いてましたが？」

音乃が、和尚の話を遮って訊いた。

「話は最後まで聞きなされ。その与一という子は先妻の連れ子でな、徳兵衛さんとは血のつながりがなかった。それでも徳兵衛さんは与一をかわいがったが、不幸なのは実の母が五歳のときに亡くなったことだ。徳兵衛さんはすぐにお里さんを後妻にして、子を産んだ。それが、駒二郎ってことだ。そうなると与一は……」

「日陰の身ってことになるんでしょうかねえ」

言葉の詰まる和尚に、源三が言葉を足した。

「ああ、そういうことだ。あとはもう、拙僧から語るところではない」

――もしや、三人目の男というのは与一？

音乃の脳裏に、そう浮かんだとて不思議ではない。

何ゆえに、これほどまで駒二郎の死が隠匿されるのか。

――薬物。

答が一つとなって、音乃の胸に渦巻いた。

六

相兼寺を出て、もう一度高松屋を見ておこうと、道を仙台堀沿いに取った。

店の前を通るも、慌しく奉公人たちの働く姿になんら変わった様子もなく、日常どおりの営みである。

いずれにせよ、高松屋には深く探りを入れなくてはならないのだ。

「何か、形跡が残っているかも……」

音乃は、駒二郎が死んでいた現場を探ることにした。

しかし、そこは高松屋の敷地であり、入り込むとなると胆の力が必要だ。しばらくの間は、高松屋も周囲の様子を警戒しているだろう。音乃は顔が知られている以上、見つかれば惚《とぼ》けるわけにはいかない。一度は、咎められているのだ。

それと、何よりも駒二郎の死を知っている。

「……でも、ここは危険を冒してでもやらなければ」

——虎穴《こけつ》に入らずんば虎児《こじ》を得ず。

「……孫子の兵法だったかしら？　いや、違った。あれは、後漢書に出てきた言葉だったわ」

先ずは、音乃一人で入り込むことにした。

「源三さんは、外で待ってて。もし、何かあったら……」

「すぐに、駆けつけまさあ」

お願いしますと、音乃は材木置場を目指した。

駒二郎が死んでいた丸太の山は、きれいに積み上げられている。その周辺に、何か落ちていないかと、音乃は地面を凝視しながら歩き回った。

三方が高く積まれた材木で、外からは死角となる場所があった。製材された角材が積まれ、その先には行けない。音乃が、引き返そうとしたところで、

「ん？　これは……」

音乃が見つけたのは、小さな木片の燃えかすであった。相兼寺の、墓場の奥にあったのと同じである。

「ここでも危ないドラグを吸っていたのかい」

独りごち、音乃は木片の燃えかすを拾うと、同じように手巾の中に収めた。のちの証《あか》しにするためであった。

ほかに何か落ちていないかと、周囲を物色《ぶっしょく》するそこに、

「娘、こんなところで何をしている？」

しわがれ声が掛かり、音乃は振り向いた。

平袴の腰に、大小の二本を差した屈強そうな浪人風情が二人、音乃の前に立ち塞がった。

「先日、このあたりで簪《かんざし》を失くしまして……」

「嘘をつけ。何を探っていた？」

無精髭《ぶしょうひげ》を生やした浪人が、音乃を問い詰める。もう一人は黙するも、眼窩の奥の窪んだ目から不穏な光を放っている。二人とも、殺気を帯びた形相で音乃を鋭く凝視する。

不審な者は生きては帰さないという、高松屋からの指図なのであろうか。

——武家屋敷ではあるまいし。

いくら用心棒を雇っていたとしても、怪しいというだけでは人を殺せまい。

——何を探っていたと訊いた。となれば、わたしが入り込んだのを知っていて差し向けた刺客？

音乃の脳裏に、そんな思いが駆け巡る。

——わたしを、殺すつもりなのね。

浪人二人はまだ抜刀はしていないが、明らかに音乃を仕留めようとの気配が伝わる。

「あたしを、どうしようっていうの？」

音乃の問いに、浪人二人は鯉口《こいぐち》を切る音で返した。問答無用という腹積もりらしい。

高松屋では、知らぬ存ぜぬということか。

浪人二人を相手にするも、音乃は素手である。

三方が、うず高く積まれた材木で囲まれている。ここで殺されれば、跡形なく処理されるだろう。

「とうっ！」

無精髭が放った居合いの一太刀を、音乃は半歩引いてかろうじて躱《かわ》した。その太刀筋からして、少しなら音乃も抗《あらが》えるとみた。だが、それがいつまでもつか。音乃の命綱は、源三につながっている。

二人とも、正眼の構えであった。刀の鋒《きつさき》が、音乃の胸元に向いている。生きては帰さないという、決意がそこに感じられた。

「ほう、娘一人に段平《だんぴら》二本かい」

伝法な言葉を吐いて、音乃は素手でもって身構えた。

半身《はんみ》となって腰をいく分落とし、目を見据え、手刀の先を交互に相手の鼻先に向ける。

浪人たちが一刀両断にかかってこないのは、女を斬るというためらいからか。いや、鋒《きつさき》の揺れからして、そうではなさそうだ。

――素手では難しそう。

さすがの音乃も、得物をもたずしては攻撃を仕掛けられない。だが、防御だけなら気持ちを集中すればなんとかできそう。

浪人たちと対峙しながら、音乃は源三を待った。

「この娘、少しは出来るぞ」

音乃の隙《すき》のない構えに、浪人たちが攻めあぐねている。問答無用というわけにはいかなそうだ。にわかに多弁となった。

「かわいそうだが、口を塞がなくてはならん」

「娘、刀が怖くないのか？」

浪人一人が、音乃に牽制をかけた。

「怖いに決まってるさ。だけど、そう簡単に斬られるわけにはいかないね」

音乃に、言葉を発せられる余裕ができた。

「なぜに、殺されようとしているか、分かっているのか？」

「分かるわけないけど、どうやら目の上の瘤《こぶ》を取りたいようだね。取れるもんなら、取ってみな。でも、ここであたしを殺したら、あとが大変になると思うよ」

笑みを浮かべての音乃の強気の受け答えに、浪人たちの首が傾ぐ。

「うしろをご覧な、人が見てるよ」

浪人たちが振り向くと、五間も離れたところで源三がつっ立っている。

「何をしてるんだい？　お侍さんたち……」

源三が、声をかけた。

二人の気が、源三に向いたところを音乃は見逃さない。利き手の拳を強く握ると、無精髭の浪人の脇腹に正拳をぶち当てた。

で当てた。

頽《くずお》れる浪人の手から音乃は刀を奪い取ると、もう一人の胴に向けて刀の棟を横払い

グズッとした手応えを感じた音乃は、刀を放り出すと同時に駆け出した。

「源三さん、行きましょ」

二人は逃げるようにして、その場を立ち去った。


追ってくる気配はまったくない。高松屋から離れたところで、一息ついた。

まさか、殺されそうになるとは思わなかった。

「段平を相手にするとは、思いやせんでしたね」

源三が、呆れる口調で言った。

事態は、目まぐるしく動いてきた。

「でも、ありがたかった。これで、高松屋の疑惑に確信がもてたのですもの」

「ありがたいだなんて、音乃さんだから言えることですぜ。そこらの娘なら、恐怖に慄《おのの》いて……もっともその前に、あんなところに入ってはいけやせんでしょうけどね」

「もしかしたら、駒二郎さんは殺されたのかも。しかも、高松屋さんの手で……」

「えっ、なんでそんなことが言えるんです？」

「浪人の一人が、わたしの口を塞がなくてはならんと言ってたから。幕府の御用達になりたいだけなら、いくらなんでもそこまでのことはしないでしょ。もしかしたら、跡取り息子の、どうしようもない火遊びを知っていたのかも。これを見て……」

音乃は言いながら、木片の燃えかすを源三に見せた。

「材木の陰でも、薬物を吸っていたよう。相兼寺さんで、見つけたのと同じ」

「それが漏れるのを防ぐために、跡取りを殺したってことでやすかい？」

「もはや、そう見て間違いがないと」

音乃の頭の中は、もやもやと燻《くすぶ》っていた黒い煙がいく分晴れる兆《きざ》しとなった。

いつしか音乃と源三は、薬問屋三元堂の前まで来ていた。

店の中では、客と奉公人が商談する様子がうかがえた。

「ここが、三元堂ですかい？」

源三には、三元堂のことも話してある。

「ここもなんだか、変なのよねえ。弟の変死を、酔っぱらっての事故だと言い切ったらしいし……」

「殺されたんですかね？」

「なんとも言えないけど、そうとらえてもよさそう。もしかしたら、ドラグもここから……」

「薬問屋ですからねえ」

源三が、相槌を打つように言った。

「こいつは、凄《すげ》えことになってきやしたね」

「ええ。墓荒らしが、とんでもない野獣《けだもの》に見えてきた」

歪みが、不敵な笑みとなる。そんな音乃を、源三が顔をしかめて見ている。

――まるで真之介さんが、乗り移ったみたいだぜ。

源三の思いは、音乃には届いていない。


その夕刻であった。

久しぶりに、巽家にお涼が訪れてきた。

裁縫道具ではなく、手籠《てかご》に一杯の山菜を土産《みやげ》にもってきた。

「日野で採ってきました山菜です」

脇に置いた手籠を、お涼は差し出した。

「まあ、こんなに。どうも、ありがとう」

「多摩川《たまがわ》の土手とか、お不動様の裏の山などに、けっこう生えてましたて……」

せり、山うど、こごみ、ぜんまい、たらの芽、山ふきなどが手籠に盛られている。天ぷら、お浸し、汁物、味噌和えなどにして旨い料理の素材である。

「美味《おい》しそうですね、お義母さま」

「今夜の夕食で、さっそくいただきましょ」

「喜んでいただけて、ありがとうございます。採ってきて、よかった」

お涼が、八重歯を見せて笑った。

「きれいに洗って、食べてください。それでは、あたしはこれで失礼します」

「手籠を返さなくては。ちょっと、待ってて……」

律は、大ぶりの笊をもってくると山菜を移し変えた。そして、居住まいを正すと小さな包み紙を、お涼の膝元に差し出した。

訝《いぶか》しそうなお涼の顔が、律に向いている。

「これは……？」

しばらくは手を出さず、お涼が畳に置かれた包みを眺めている。笑みも消え、戸惑うようなお涼の表情を音乃は黙って見つめた。

「何もお返しができないので、ごめんなさいこんなもので……」

律が笑みを浮かべて、手を差し向けた。

「お父さまと、何か美味しいものでも食べて」

早く受け取れと、所作で示す。

「それじゃ、遠慮なくいただいておきます」

「ご期待にそえるほど入ってませんから、あとでがっかりしないでくださいね」

「いいえ、とんでもない。お気持ちだけでもうれしいです」

お涼は、両手で拝むように包みをつかむと、紺地に花柄小紋の袂に入れた。そこに、夕七ツを報せる鐘の音が聞こえてきた。

音乃と律に見送られ、お涼は家路についた。

七

夕餉の仕度に、律と音乃が取りかかる。

山菜料理に腕を奮おうと、前掛けをして高襷《たかだすき》で袖をたくし上げる。

「せりとぜんまいは、お浸しで……」

「こごみとたらの芽は、天ぷらにしていいですわね」

「山ふきにうどは、甘辛煮などにしましょ」

井戸端で、山菜を洗いながら音乃と律は料理に思いを馳せる。

今夜の銘々膳には、普段より三種ほど器が多く載っている。

「おっ、きょうはご馳走だな。酒が進むぞ」

丈一郎も、杯を手にして相好が崩れている。

「お涼ちゃんからいただきました山菜です。山菜採りは腰が痛くなります、ありがたくいただきましょ」

律の音頭で一礼をすると、銘々好きなものから箸をつけた。

食事が済んで、四半刻ほどが経った。暮六ツの鐘が鳴って、間もないころである。

あと片付けをしてから、音乃と丈一郎は向かい合った。この日のことを、互いに語り合うところであった。

律は、隣部屋で寝床の用意をしている。

「どうだった、深川のほうは?」

まずは、丈一郎が音乃に状況を問うた。

「話したいことが、たくさんございます」

「ほう、そいつは早く聞きたいものだな」

「申しわけございません。山菜料理に手間取ってまして」

「いや。こういう話は、落ち着いてから聞くものだ。それで……？」

丈一郎が背筋を伸ばし、音乃の話を聞く姿勢を取った。

「源三さんと一緒に、まずは材木問屋の高松屋を訪れましたところ……」

「ちょっと待て、音乃」

丈一郎が、音乃の語りを止めた。

隣部屋から、律の呻き声が聞こえたからだ。

「お義母さまが……うっ」

言うと同時に音乃の体も、変調をきたした。腹に差し込むような痛みが走り、その場で倒れ込んだ。眩暈《めまい》が音乃の意識を、朦朧《もうろう》とさせる。

「うーっ」

唸り声しか出せず、顔からは脂汗が噴き出ている。

「どうした音乃？　律は……」

丈一郎が、隣部屋を仕切る襖を開けると同時であった。膝が崩れて、丈一郎は畳に四つん這いとなった。敷居の上に嘔吐し、律まで辿りつけない。

律は、寝床の上で七転八倒してもがき苦しんでいる。

毒が、三人の体を麻痺させる。

それから半刻後、夜具の上に寝かしつけられた三人の意識は朦朧としていた。

嘔吐や頭痛、はたまた眩暈などの症状に苛《さいな》まれていたのが、いく分落ち着きを見せている。

「おお、どうやら薬が効いてきたようですな」

音乃が先に目を覚まし、声のするほうに目を向けた。医者の源心の顔が見え、その隣に源三が座っている。

丈一郎と律は、まだ唸り声をあげて苦しみからは解放されていないようだ。

「ご主人と奥さまも、間もなく回復してくるだろう」

「まだ、気持ち悪い……」

起きようと、音乃は体をもち上げようとしたが、鉛のように重い。

「そのまま、そのまま。まだ、起きるには早いですぞ」

源心に止められ、音乃は体を戻した。

「よかったですぜ、気がつかれて……」

源三の、ほっと安堵する声が聞こえてきた。

それからさらに半刻後、丈一郎も律も意識を取り戻しているが、口を利ける状態ではない。若い分、音乃の回復のほうが早いようだ。

その間、源三と源心はつききりの看病に当たっていた。

「二人の源さまのおかげ……」

冗談が言えるほど、音乃は正気を取り戻していた。

「これで、もう安心だ。何を食べたかと勝手場に行ったら、せりがあった。よく見ると、これが毒せりでな」

「毒せりですか？」

音乃が、訝しげに訊いた。

「ああ、そうだ。せりと間違えて摘んで、この季節は毒せりの中毒患者が、けっこう多くいる」

「……お涼ちゃんが、間違えて摘んできた」

音乃の呟きは、医者には届いていない。

「源三さんからの報せが、あと四半刻も遅れていたら、大変なことになってたぞ。毒せりは、命をも奪う猛毒だからの。毒せりに効く漢方を、すぐに飲ませることができたので……間一髪《かんいっぱつ》とはまさにこのこと」

源心の声音にも、安堵した気持ちが表れている。

「あと四半刻したら、この薬を飲んでおいてくだされ。今宵は、ゆっくりとお休みになるように。それでは、私はこれで……あっ、そのままそのまま」

起きようとする音乃を手で制し、源心は立ち上がった。

「あっしが、看ていてあげますわ」

「よろしくたのみましたぞ、源三さん」

言い残して、源心は巽家をあとにした。

丈一郎が、何か言おうとしている。

「源三のおかげで、助かったぞ」

まだ、体に痺れが残っているようだ。ようやく口から出すことができた一言であった。

「何を言っておられやす、旦那。でも、来てよかったですぜ、まさかこんなことになってるとは。なんだか、虫の知らせみたいのがありやしてね……」

大慌てで、源心を呼びに行ったという。

「源心先生が来て毒消しを飲ませると、いく分落ち着き床の上に横になりやして。いや、大変な目に遭いやしたね。それで、山菜というのは誰が差し入れたもんです？」

「お涼ちゃんが、日野に行って採ってきてくれたものです」

「へえ、お涼ちゃんがですかい」

源三の首が、わずかに傾《かし》いだ。

「食用のせりと、毒せりは姿恰好がよく似てやすから。きっと間違えて摘んだのかもしれやせん」

「この時季は、毒せりに当たる人が多くいると源心先生は言ってましたね。さしづめ秋ならば、茸《きのこ》ってことでしょうか」

このときの音乃は、まだお涼を心から疑ってはいない。せり摘みも間違えたもので、悪意とは微塵の思いも抱いてはいなかった。

翌日の朝になると、音乃はほとんど回復していた。

せりを食べた分量が少なかったのと、やはり若さゆえの回復力か。だが、丈一郎と律は立ち上がるのは無理で、まだ床の中である。

一番重い症状は律であったが、命までは別状なさそうで、音乃はほっと安堵を覚えた。

源心の話では、三日は安静にしておれとのことだ。

「お義父さま……」

丈一郎とは、話はできる。丈一郎が目を覚ましたところで、音乃は話しかけた。しかし、気を煩《わずら》わせてはならないと、昨日の高松屋でのことは黙しておく。

「音乃は起きて平気なのか？」

「はい。今はもう、なんともありません」

「そいつは、よかった」

「ちょっと、出かけてきますがよろしいでしょうか？」

「むろんかまわぬが、こんなに朝早くからどこに行くのだ？」

明六ツを、四半刻ほど過ぎたころである。

「お涼ちゃんのところに……すぐに、戻ってまいります。もしや、お涼ちゃんのところも、山菜を食べているのではないかと」

「そうか、すぐに行ってやれ」

同じように、お涼と万次郎が毒せりを食していたら大変なことになっているはずだ。

音乃はそれがふと気になって、様子を見てくることにした。

直線では一町と離れてないが、お涼たちが住む甚平長屋は表通りから回り込まなくてはならない。倍を歩くことになる。

「毒せりと知らないで……」

お涼たちの身を案じながら、音乃は速足であった。

お涼の家を訪ねるのは、音乃は初めてであった。五軒つづきの棟割長屋が、溝《どぶ》と路地を挟んで、二棟建っている。

「こちらに、お涼さんという娘さんが住んでいると……」

甚平長屋の木戸に入ると、井戸端で朝の支度をしているかみさんたちに尋ねた。

「お涼ちゃんの家《うち》かい。だったら、向こうの棟の奥から二軒目だよ」

かみさんの、明るい声が返った。

音乃は「おやっ？」と思った。

両隣がある住まいである。もし、せりの毒に中《あた》って苦しんでいたら、隣の住人も気づくはずだし、長屋中大騒ぎであったろう。今のかみさんたちの様子からして、そんな騒動はなかったと見える。

――まだ、食べてなければ、よいのだけど。

だとすれば、一言注意を促しておかねばならない。

「……いや、待って」

音乃は、ふと気づくことがあった。お涼ほどの気立てで気の利く娘なら、隣近所にもお裾分けをしているはずだと。

お涼の家の戸口に立つ前に、音乃は山菜をもらったかどうか訊こうとしたが既《すんで》で止めた。かみさんは、四人いる。だとすると、お裾分けがあった家とない家があるかもしれない。近所付き合いに波風を立ててはならないと、音乃は気を遣った。

音乃は、問いの仕方を模索した。

「お涼ちゃんは、日野から帰っているかしら？」

知らぬこととして、音乃は問うた。

「一昨日《おととい》の夕方には、帰ってきているよ。先日は、筍をもらったけど、今回はお土産はなかったねえ」

と、かみさんの一人から冗談めかしの答があった。

「あれは、美味しかったねえ、おたかさん」

かみさん連中の話は盛り上がっているが、音乃の頭の中は別のところにあった。

筍の話は出たが、山菜のことは一言もない。

ここにいるかみさんたちの、誰もが口にしないということは――。

山菜は、他所《よそ》には配られなかった。少なくも、巽家よりも近所付き合いのほうが大切であろうに。

──山菜は摘みたてが、一番美味《うま》いはずなのに。

お涼のところで、二日の間、食さなかったこともおかしい。

いろいろな思惑が、音乃の脳裏を駆け巡る。

「……もしかしたら？」

俄然、お涼に他意があるのを感じた音乃は、胸に、何かが突き刺さるような痛みが走った。

お涼と万次郎は、まだ毒せりを食していないし、これからも食さないだろう。そんな思いを抱いた音乃は、引き返すことにした。

お忙しいところごめんなさいと、かみさんたちに礼を言って、踵《きびす》を返す。

「お涼ちゃんのところは、行かなくていいのかい？」

「はい。ちょっと来るのが早すぎましたので……」

音乃が引き返すも、背中に聞こえるのはかみさんたちの談笑であった。話題は近所の亭主の浮気のことで、もう音乃には気が向いていない。

音乃は家に戻ると、床に寝る丈一郎に話があると、目配せをした。

律にはまだ、聞かせたくない話である。容態は、かなり落ち着きを見せ、軽い寝息を立てて寝ている。

「さっき、薬を飲んだからな。それが、効いているのだろう」

律を起こしてはまずいと、小声でもって甚平長屋でのことを告げた。

「というと音乃は、お涼が……？」

丈一郎の口が、途中で止まった。驚きもあったが、律が寝返りをうったからだ。

「はい。もしかしたら、お涼ちゃんのところも大変なことになってると思いましたが、どうやら様子が違ってきているようです」

「音乃、山菜はまだ残っているか？」

「はい。全部は、食べきれませんで……」

「そんなにたくさんうちに持ってきて、近所にまったく配らんのもおかしいな」

「わたしもそう思いまして、引き返してきました」

丈一郎の考えを聞きたかったと、音乃は言葉を添えた。

深川の一件は、すっかりと音乃の頭の中からは消えている。

「やはり、お涼ちゃんは毒せりを……」

摘んできたとは断定をしない。まだ、半信半疑は音乃の頭の中から、完全に吹っ切れてはいないからだ。

「となると、うちを狙ってってことか？」

「まだ、どちらとも。たとえそうだとしても、なぜにお涼ちゃんが巽家《うち》を狙うのか、まずは、このことを明らかにしたいと思ってます」

「蚯蚓《みみず》の嫌がらせも、そうかもしれんな」

――やはり、お涼ちゃんが怪しい。

先日、お涼に抱いた疑問が、ふと音乃の脳裏に甦《よみがえ》った。

お涼の真意を知りたい。巽家への恨みがどこからくるのか、直《じか》に会って確かめようと音乃は腰を浮かせた。

「お義父さま、これからお涼ちゃんのところに行って……」

音乃が立ち上がろうとしたところで、うわ言のような、律の声が聞こえてきた。

「……お涼ちゃんは、せりを食べたのかしら？」

はっきりとは聞こえなかったが、音乃の耳にはそう感じた。律を見やると、目を閉じて寝ている。

――お義母さまは、お涼ちゃんを信じきっている。

音乃は思い返すと、浮かした腰をもとへと戻した。

まだ、確たる証しはないのだ。それを摑むのが先決と、音乃は迷う心をお涼に向けた。

ドラグのことも急がれるが、音乃はこれからの動きを、お涼への探索一本に絞ることにした。

第四章　もたれ攻め

一

義父と義母が、病の床にあっては動けない。

二人の体が一番大事と、丈一郎と律が立ち上がれるまで、音乃は看病でつきっきりとなった。

二日後に、丈一郎は立ち上がることができた。だが、律はまだ起き上がれないでいる。それでも心配ないとの源心の太鼓判に、音乃の気持ちは軽くなった。

お涼は、それからというもの訪ねてくることはなかった。だが、また何か仕掛けられてはと、しばらく丈一郎は家にいて、音乃だけで動くことにした。

音乃が向かうところは、五年ほど前まで骨董屋をしていたという、下谷長者町であった。霊巌島から上野寛永寺《うえのかんえいじ》に近い下谷までは、けっこうな隔たりがある。

「……お涼ちゃんの怨みは、どこからくるの?」

お涼に疑いを抱いての、遠出となる。音乃は、下谷上野界隈には土地勘がない。

音乃は以前、源三の舟で本郷のほうまで行ったことがある。下谷はその近くと、漠然とではあるが知っているくらいだ。

となると——。

「源三さんにも、行ってもらおうかしら」

お涼の一件は、源三にもすでに語ってある。

音乃は、船宿舟玄に足を向けた。

寛永寺御成道《おなりみち》に通じる、筋違御門《すじかいごもん》まで行くには水路のほうが格段と早い。大川を遡《さかのぼ》り、柳橋《やなぎばし》から神田川へと入った。

大川は春うららだが、音乃の気持ちは冬のように寒い。

筋違御門近くの桟橋に猪牙舟《ちょきぶね》を止めて、音乃と源三は陸《おか》に上がった。下谷長者町には、まだ七町ほど歩かなくてはならない。

「このあたりが、下谷長者町ですぜ」

岡っ引きのときに、いく度か来たことがあるという源三は、音乃にとって頼もしい。

陸路では一刻以上かかるところを、半刻も経たずに来ることができた。

「松亀屋という骨董屋さんて、源三さんは知ってますか？」

「いやぁ、そこまでは……」

首を振って、源三は返した。

目の前に、番屋が建っている。そこでは、松亀屋のことは知れずじまいであった。

二軒目に当たった上野南大門町《みなみだいもん》の自身番屋で、番人が事件のことを覚えていた。

五年ほど前に、下谷長者町の骨董屋が押し込みに遭ったというのは、事実であった。

だが、お涼の話の内容とは、大きくくい違う。

「その松亀屋さんの事件のことを、聞かせていただけますか？」

「ああ。だが、そんなに覚えてはいねえよ」

「知ってることだけで、よろしいのですが」

番人が、思い出しだし語りはじめた。

「松亀屋の主は善五郎《ぜんごろう》といって、その押し込みが仇《あだ》となって商いが立ち行かなくなり、すぐに店は潰れてしまったってことだ。四十半ばになって、ようやくこれからってところでな……」

律からの又聞きであったが、お涼の話とずいぶん異なる。松亀屋の主は、父親の万次郎でなくてはいけないからだ。それと、実際の主の齢は当時四十半ばと、万次郎とはかけ離れている。

「その家に、娘さんはおりませんでした?」

「ああ、一人いたな」

「お名は……?」

「たしか……なんていってたっけかな……」

番人の考える風に、音乃は焦《じ》れた。

「お涼といわなかったですか?」

「いや、そんな名ではなかった。えーと……そうだ、おせんとかいったな。どこかで生きてりゃ、今ごろ二十《はたち》にもなったか」

「どこかで生きてりゃ、二十って……?」

音乃の、驚く顔が番人に向く。娘も、齢は同じほどだがお涼という名ではない。どこかで聞いた名ではあったが珍しい名ではない。おせんという名は江戸にはいくらでもいる。音乃の、お針の弟子にもそんな名の娘がいた。

「かわいそうに、その後は借金取りに追われたらしく、新造《しんぞう》とおせんという娘を連れて逃げ、どこへと行ったやらだ」

音乃と源三が、顔を歪めて首を傾げている。

──なぜにお涼は話を作る。それと、なぜに巽家と関わりがあるのか……もしや？

「そのとき押し込みの事件に携《たずさ》わった、奉行所のお役人さんてご存じですか？」

音乃は、念のために問うた。

「たしか、たつみっていう若い同心が聞き込みに廻っていたな」

「えっ！」

たつみと聞けば、真之介以外になかろう。少なくとも、北町奉行所には丈一郎以外ほかにいない。だが、音乃はふと疑問に思った。真之介が、事件に関わっていたら、その当時は臨時廻り同心の現役だった丈一郎にも話をしていたはずだ。だが、丈一郎にお涼の身の上を語ったときは、気の毒だなとしか言わなかった。
・源三に、そのことを問うた。
「さほど、大きな事件ではなかったからでしょう」

小さな押し込み事件まで、いちいち話していたら際限がない。それでなくても、町方同心は、自分が抱えたものだけでも手一杯である。よほどの大きな事件でなければ、話題にすることはあるまいと。

番人が覚えているのはこれだけであったが、大きな収穫であった。

――真之介さまが絡んでいたとしたら、捨ててはおけない。

ここは、番屋の番人よりも丈一郎に訊こうと、音乃は引き上げることにした。

大川を猪牙舟で下り、仙台堀の吐き出しを過ぎたところに船着場があった。

ちょうど、薬問屋三元堂の裏手にあたる。荷船が止まり、荷物を降ろしている。茶箱のような桐箱に書かれた、丸に漢の字は『漢方』を意味しているのだろうか。いろいろな薬草が詰め込まれているのであろう。

「こっちも探らなくてはいけないのね」

音乃の独り言は、川風によって消された。

家に戻り、音乃は丈一郎に話の概要を説いた。

「いや、そんな事件があったとは、聞いておらんぞ。それに真之介が関わっていたとはな」

腕を組み、丈一郎が思案する。やはり、真之介は丈一郎に語ってはいなかった。

「源三さんも、知らなかったと言ってました」

「岡っ引きは、それでなくても忙しいからな。おれが語らなくては、知るはずもない」

「なぜにお涼ちゃんは、話を偽《いつわ》ってまでも松亀屋の事件を引き合いに出したのでしょう？」

「おれにはなんとも言えんが、真之介と松亀屋を通して結びつくのは確かだな」

音乃に答えて、丈一郎は再び思案につく。

「そうだ！」

何を思いついたか、丈一郎は下に向けていた顔をいきなり上げた。

「長八《ちょうはち》ならば、いろいろ知ってるかもしれん」

「なるほど、長八親分ですね」

長八とは、真之介の右腕ともいえる岡っ引きであった。今は、別の定町廻り同心の下にいて、巽家とは縁が切れている。

長八とはすぐに、つなぎが取れた。

その日の夕方になって、長八は巽家に駆けつけてきた。

「忙しいところ、すまなかったな」

「へい。音乃さんがお会いしたいと聞きやして、何がなんでもと駆けつけて来やした。どうも、ご無沙汰をしていやす」

挨拶もそこそこ、長八は仏壇の前に座ると、真之介の位牌に向けて線香を手向《たむ》けた。

「あのときは、あっしがいなかったばっかりに……」

長八は、まだ事件のことを引きずっているようだ。巽家に、足が向かなかったのはその負い目があったからだろう。

「もう、気になさらないで……」

長八の心情を、音乃は汲み取って言った。

「音乃さんからそう言われますと、気が安らぎやす」

「ところで、長八に来てもらったのはだな……」

「へい、何かございましたかい？」

「長八さんは、五年ほど前の……」

音乃の口から、松亀屋の事件のことが語られた。

「あっしが下っぴきで、まだ十手《じって》の持てないころでしたね。覚えておりやすとも。たいして大きな事件でなかったですが、別のことであの事件は……」

「別のことって……？」

深い意味がありそうと、音乃は身を乗り出した。

二

長八の口から、事件の経緯が語られる。

松亀屋押し込み事件の要旨は、番人が言っていたとおりであった。

「あれには真之介さんも、悔しい思いをしてやした」

「悔しい思いとは？」

「へえ。その前に、なぜに今ごろになってそんな話を……？」

長八が、逆に訊き返す。意味も分からずでは、当然の問いだと音乃も得心する。

「理由《わけ》はあとで話すけどその前に、長八さんは、お涼という娘さんの名を知ってますか？」

単刀直入に、音乃は訊いた。

「えっ、どうしてその名を？」

目を瞠《みは》る長八に、むしろ驚いたのは音乃と丈一郎のほうであった。これほどの、反応があるとは思ってもいなかったからだ。

「ご存じならば、真之介さまとの関わりを教えて」

真《まこと》のことを知るためには、余計な知見は必要ない。長八の、知るがままのことが聞ければよいと、あえて事情は伏した。

長八の、顎がしゃくれた長い顔が音乃に向いた。

「お涼というのは、松亀屋に押し入った夜盗の一味として捕らえられ、獄門台に載った男の娘なんでさあ」

「なんですって！」

「なんだと！」

音乃と丈一郎が同時に声を発した。

音乃の驚く顔を見やりながら、長八の語りはつづく。

「それも、無実の罪でやしてね」

「無実の男を、真之介は捕らえたというのか？」

丈一郎が、面相を険しくして口を挟んだ。

「いや、そうじゃありやせん。さっき、真之介さんが悔しい思いをしたってのはそのことでして……」

「いったい、どういうことだ？」

丈一郎が、話を急かす。ここが大事だと、音乃の体はさらに前のめりとなった。

「そのときあっしは、真之介さんにくっついて聞き込みをして廻っていやした」

長八が、当時を思い出す。

下谷長者町に近い、神田金沢町《かなざわ》に住む峰吉《みねきち》という、古物目利師《こぶつめきき し》のところに真之介が聞き込みに廻ったのは、事件が起きてから四日後のことであった。

峰吉のことで、ちょっとした報せが入ったからだ。

「──峰吉さんはいるかい？」

そのとき応対に出たのが十三歳の娘でお涼といった。

「お父っつぁんは、四日ほど前から留守にしています」

「どこに行ったか、分かるかい？」

「鎌倉《かまくら》まで、骨董の目利きと聞いてます」

四日前だと、事件のあった日である。

「いつ戻ると言ってた？」

「はい。明後日《あさって》には戻ると思います」

鎌倉までなら、往復で六日もあれば行ってこられる。

「あのう、松亀屋さんの事件のことでしょうか？」

「おう、よく知ってるな」

「はい。骨董の目利きで、松亀屋さんにはよく行ってましたから。でも、お父っつぁんは、何もしていませんよ」

「そいつは、分かってる。ちょっと、峰吉に訊きてえことがあってな」

このころの真之介は、まだ二十一歳と若く、定町廻り同心になり立てで気負いが先にあった。

不要な十手を見せつけ、聞き込みにあたる。

「お父っつぁんは、何も知らないと思いますが」

「知ってるかどうかは、本人に訊く。おれは、北町奉行所同心の巽真之介ってもんだ。峰吉が帰るころまた来るから……」

と言い残し、真之介はその場をあとにした。

不安げな顔をするお涼に向けて、真之介の口調は高飛車《たかびしや》なところがあった。

お涼と真之介の接触は、たったそれ一回である。

四日後に再び峰吉のもとを訪れると、家の中はもぬけの殻《から》となっていた。新造も、娘のお涼もいなくなっている。

近所の人に問うと、峰吉は旅の途中で捕らえられ、新造とお涼は一昨日の夜、逃げるようにしていなくなったという。

長八の話を、音乃と丈一郎は眉間に皺を寄せ、苦渋の表情で聞いている。なんとなく、おおよその事情がつかめてきたからだ。

「峰吉を捕らえたのは？」

「南町の役人て聞いてやす。峰吉が、高輪《たかなわ》の大木戸を入ったところで召し捕ったと……」

そのときの月番は、南町奉行所であった。

北町と南町の月番非番は、訴訟の受付けをするかしないか、月ごとの交代制である。しかし、町方同心は月番制にかかわらず、任務をつづけなくてはならない。事件が起きればすぐに駆けつけるし、探索もおこなう。ただし、事件の調書《しらべが》きは、月番の奉行所に持ち込まれ、裁定までもたらされることになる。

「ならば、真之介とは関わりがないではないか。しかも、それだけではすぐに獄門台には載らんぞ」

「鎌倉に行ったってのが、峰吉の不運でやした。ちょうど峰吉が鎌倉に着いたころ、鶴岡八幡《つるがおかはちまん》様の近くの骨董屋に押し込みが入りまして、松亀屋と手口が似てると、南町は判断したようでして。鎌倉の事件のほうは、殺しもあったもので……」

「ですが、峰吉さんは無実なんでしょ」

「それは、あとから分かったことでして。あのときは、真之介さんも血気に逸《はや》っていて、最初にして最後のどじを踏んでしまいやした。若気の勇み足っていうんでしょうかねえ。古物目利師といってもいい加減で、世間の評は怪しくもあった。そんなことからも『峰吉に疑いあり』と調書きに書いてしまい、それが月番の南町に渡ったようで……」

「…………」

音乃も丈一郎も初めて聞くことで、のどが渇くかゴクリと唾を飲み込む音がした。

「どうやらお涼のところに聞き込みに廻ったのは、真之介さんとあっしだけで、峰吉が鎌倉に行ったことなど、誰も知らなかったんです。娘からすれば、北町も南町もねえですからね」

「ふーっ」

と一つ、音乃が大きな息を吐いた。言葉にならぬが、そこに気持ちが現れている。

まだいくつか分からないところがある。

「真之介はあとになって、なんでその話をおれにしなかったのだろう。長八には、分かるか？」

丈一郎が、無念やるかたない口調で問うた。

「いや。真之介さんは、あっしにも何も語りませんで。ただ、一つ言えるのは、それ以来真之介さんは、やたら十手を振り回したり、聞き込みも高飛車なところはなくなりやした。その後の真之介さんは、真の下手人《げしゅにん》を探索する傍《かたわ》ら、お涼の居どころを探してやした」

嫁いでから二年も一緒にいたというのに、まだ真之介について知らないことがあった。音乃はグッと胸に込み上げてくるものを感じ、袂で目尻を拭いた。

「それで、お涼は見つかったのか？」

「ええ。真之介さんが亡くなる半年ほど前、深川でもって偶然に見かけたのでさあ。万次郎という男の世話になって……世話と言いやしても不埒《ふらち》なもんではなく、義理の父娘ってところでしょうかね。ですが、真之介さんはお涼に近づくことなく、黙って遠くで見やってやした」

「その、万次郎って人は、どんなお方なの？」

「それが……」

一息飲んで、長八は小声となった。

「旦那は、猿《さる》すべりの唐五郎《とうごろう》って名をご存じですかい？」

「ああ。名は知っているが、会ったことはない。盗賊の親玉だが、一度も捕まったことがないという男だ」

「その唐五郎ってのが、万次郎なんでさあ」

「なんだと！」

「なんですって！」

丈一郎と音乃が、またも同時に驚愕の声を上げた。

「そんなに驚くなんて、何かございやしたかい？」

「ああ。その前に、唐五郎のことを詳しく話してくれ」

額に浮いた脂汗《あぶらあせ》を、丈一郎は袖で拭いながら言った。

「今はもう猿すべりの一味は散って、唐五郎は足を洗っていやすが……」

「真之介は、それを知っていたのか？」

「へぇ。当初は知りやせんでした。ですが、ふとしたことでお涼の義理の父親となった万次郎が、猿すべりの唐五郎と知ったんです。それが、亡くなる五日ほど前のことで。あんときは、音乃さんもご存じのように、三枡屋《みますや》のお富《とみ》ちゃんが殺された事件で忙しく……」

一年ほど前、音乃と丈一郎が北町影同心となる、きっかけになった事件である。

「ええ、よく覚えています」

「お富ちゃんの一件を片付けたあとに、過去の罪を償《つぐな》わせるため、万次郎を捕らえようとしていた。だけど……」

「だけど、どうした？」

言葉の止まる長八を、丈一郎がせっつく。

「真之介さんは、迷っていたようです。閻魔と謳《うた》われたお人でも、仏の心が邪魔していたようで……」

「真之介さまは、何か言ったのですか？」

「はっ、はい。亡くなる前日、真之介さんがあっしに言われました。今思えば、なんであんなことを……」

「なんて、おっしゃいました？」

「へぇ。『――親父と音乃には、お涼のことは黙っていてくれ』と。あっしはそのとき、万次郎こと、猿すべりの唐五郎を見逃すのではと思いやしてね」

「どうして、そう思った？」

「真之介さんの、あんな表情を見たのは初めてだったからです。閻魔様とはほど遠い……」

「それで長八も、今まで唐五郎のことは黙っていたんだな」

「へい。手柄よりも、真之介さんの遺思を汲みやして……」

「そのお涼がな、今おれたちの前に現れてるんだ」

丈一郎が、憮然たる表情をして言った。

「なんですって！」

長八が、驚く番であった。

「今になって、お涼ちゃんの恨みがこっちに向けられているのです」

これはお涼の意趣返しと、音乃は決めつけるように言った。

「先ほどから、なんで驚くのかと思ってやしたが……」

「ええ。お涼ちゃんと万次郎さんは、ここから一町と離れていないところに住んでいるの」

「何かあったのですかい？」

考えながら話す音乃に、今度は長八が身を乗り出した。

「実は、長八さん……」

音乃は、お涼と知り合った経緯からを長八に語った。そして、蚰蜒の仕掛けから毒せりのことまで。

「こっちの命まで狙おうとしてたのだぞ」

音乃が語り終わり、丈一郎が一言乗せた。

「なんてこった」

長八の、苦渋こもる声音であった。

実の父親を獄門台に送ったのは、巽真之介とお涼は思い込んでいる。あとは、それを当人に確かめるだけである。それでもまだ、音乃の気持ちの中にはしこりが残っている。

「お涼ちゃんの父親である峰吉って人は、本当に無実だったのですか？」

「ええ。こと松亀屋と鎌倉の件では、何も関わっちゃいやせんでした」

「件ではって言うと、別のことで……？」

「ええ。峰吉は、唐五郎の手下でしたもので」

「真之介さんは、そのことを知っていたの？」

「ええ、知ってはいやした。ですがすでに足を洗っていて、いい加減な骨董目利師であるも、真っ当に生きる人間を獄門に送ってしまった悔恨が、いつまでもつきまとっていたようで」

「なんだ、真之介らしくもない」

丈一郎の憤慨であった。

「わたしには、分かるような気がします」

「どこがだ、音乃？」

「だからこそ、真之介さまは閻魔になったのではないかと。二度と同じ過ちを繰り返さないために、慎重に調べ上げ、そして厳しく罪を憎んだ。罪を犯した者にとっては、それが閻魔の裁きと恐れをなしたのでございましょう」

「なるほど、音乃の言うことがもっともかもしれん」

万感こもる声音で丈一郎が言った。

「ところで長八に、おれからもう一つ訊きたいが」

「なんでしょ」

「松亀屋と鎌倉を押し込んだ真の下手人は、それから捕まったのか？」

「鎌倉のほうはまったく別の一味だったそうです。それで、真之介さんは躍起となって松亀屋の下手人を捕まえはしたんですが、それは二人組の野郎たちでして、匕首《あいくち》を突きつけ奪ったのは五両……」

「五両だけか？」

丈一郎の首が傾ぐ。

「へえ。それで二人とも、三宅島《みやけじま》かどこかに島流しってことで事件は落着を」

「たったと言ってはなんですが、五両盗まれただけで店を畳むものでしょうか？　そのことに、真之介さまは不思議と思わなかったのですか？」

墓石の修理代と同じである。音乃でも解《げ》せないところであった。

「そいつは、なんとも……」

音乃の問いに、長八が自信なさげに答えた。

三

お涼が、巽家を恨んでいる理由《わけ》は、これで判明した。

この先、どうやってお涼を突き詰めていこうかと、頭はそのほうに切り替わった。

だが、黒い霧が晴れたわけではない。頭の中はもやもやとした、不快な煙が相変わらず燻《くすぶ》っている。

「お義父《とう》さま、猿すべりと聞いて思い当たることはございませんか？」

音乃が、話の先を変えて言った。

「猿すべりとは、囲碁の言葉にあったな」

囲碁は、一目《いちもく》でも多く陣地を取り合う勝負である。猿すべりは、少しでも相手の陣地を減らすために、踏み込む一手である。

「へえ、そんな意味だったんですかい？」

囲碁をまったくやらぬ長八は、初めて猿すべりの意味を知ったという。

「そっと相手の陣地に踏み込むなんて、盗賊らしい異名《いみよう》であるな」

「ところで猿すべりの唐五郎こと、万次郎さんですが……」

「音乃、ややこしいからこれからは万次郎に統一しよう」

「はい。その万次郎さんですが、こうなるとお義父さまの顔を知っているようですね」

「おれの顔どころか、律も音乃のことも知っておるぞ」

「わたしのことはどうですか。三元堂さんで顔を合わせたときは……」

「いや。知らぬ振りをしていたってことも、考えられるぞ。こっちのことは、調べ上げているだろうからな。近所に引っ越してきたのも、そのためだ」

もう疑う余地はないと、丈一郎の断定する口調であった。声に、力も帯びている。

「お弓という名は……？」

「偽名も、当然ばれているだろう。なんせ相手は、敵の陣地に踏み込む猿すべりの盗賊だからな」

「そんな……」

首を振って、音乃が戸惑うところに、

「ちょっとよろしいですかい？」

長八が、口を挟んだ。

「今、三元堂とおっしゃらなかったですかい？　もしかしたら、深川の……」

「長八は、三元堂を知っているのか？」

「ええ。最近、そこの主人の弟ってのが仙台堀の橋から落ちて亡くなったそうで。深川の下っぴきから、聞いたんですがね」

「詳しく話してくれませんか、長八さん」

音乃が、身を乗り出して言った。

「いや、詳しくと言いやしても知ってるのはそのくらいなもんで。ただ、ちょっと妙なことを言ってやしたね」

「妙なこととは？」

「酔っぱらって橋の袂に落ちたってことで一件落着したけど、その遺体からは酒とは違う、変な臭いがしたと下っぴきは言ってやした」

「変な臭いですって。どんな……？」

「いや、それだけで。口ん中が汚ねえ野郎だって、笑ってやしたぜ」

長八が言うが、音乃の気持ちの中はそれだけでは済まされない。またも、燻りのもやもやが音乃の脳裏に黒い煙となって湧き上がってきた。


すべて何かが、複雑に絡み合っている。

お涼と万次郎。万次郎と三元堂。三元堂と高松屋。そして、ドラグが絡んでいそうな、六三郎と駒二郎の死。

そこに――。

「……お墓のこともあったわ」

音乃が、ふと呟いた。

奉行からの使命を、おざなりにはできない。すべてはここが発端であったからだ。

だが、早期に解決せねばならない大きな事件の渦中にあって、その件は後回しとなっていた。

「墓荒らしのことは、なんだかどっかに行ってしまったな」

「はい。複雑なことが絡み合って、忘れがちになってました。これも、なんとか見つけて、五両を取り返しませんと」

長八の手前奉行と言えず、音乃は憤りを口にした。

「お墓って、なんです？」

丈一郎と音乃のやり取りを、長八が聞いていた。

長八には、墓荒らしのことは話してはいない。

「うちのお墓が悪戯《いたずら》されていて……」

音乃が、その経緯を語った。

「えれえ、罰当たりなことをしやすね。とんでもねえ野郎だ」

長八の憤慨に、いっとき消え去っていた男の面相が、音乃の脳裏に甦《よみがえ》った。

相兼寺の裏で対峙した、額に黒子《ほくろ》のある男。その探索が、今は途中になっている。

「額に黒子のある男を捜さなくては。そうだ、長八さん……」

江戸中を駆け巡っている長八ならば、知っているかもしれない。一縷《いちる》の望みを抱いて音乃は問うた。

「額に黒子ですかい。二人思いつきやすけど、両方とも深川とはちょっと縁がなさそうで……」

「どんな人でもいいけど、知っていたら教えて」

音乃が、身を乗り出すようにして言った。

「墓荒らしなら、若え馬鹿野郎なんでしょうねえ」

「ええ、二十歳前くらいの……お涼ちゃんに難癖をつけていた男かも」

「なんですって！」

長八が、長い顎をしゃくらせて、驚く風となった。そして、口にする。

「いつも三、四人でつるんでる小悪党でさあ。半年ほど前、小間物屋で万引きするのを、とっ捕まえたことがありやしてね。名は寅吉《とらきち》といって……」

黒子以外にも、目が吊り上がり狐みたいな男と面相が合致する。

「どちらで？」

「どこでだ？」

音乃と丈一郎の声が、重なった。どちらに顔を向けたらよいのかと、長八の首が左右に動いた。となれば、必然音乃のほうに止まる。

「あれは、神田明神下《みょうじんした》でやしたかねえ」

「それって、神田金沢町に近くありません？」

神田明神あたりは音乃も、以前に行ったことがある場所だ。下谷長者町に行くため、今朝ほども近くを通ったばかりである。

「ええ、目と鼻の先……」

「そうか、お涼が住んでたところと近いな」

丈一郎の、背筋が伸びた。

お涼と黒子の男が、音乃の頭の中で絡み合っている。

――間違いない！

「その男って、まだ明神下にいますかね？」

音乃の問いが、長八に向いた。

「さあ、そいつはどうでやすか。行ってみないと……」

すでに、夕七ツを報せる鐘が鳴って四半刻が経つ。

「長八さん、今からでも行ける？」

舟で行けば、暮六ツ前までには着ける。音乃は、すぐにでも行きたかった。

「ええ、かまいませんが」

同心高井《たかい》への無断が気になるか、返事が小声であった。

「高井のことを気にしているなら、あとでおれが出るから心配するな」

うしろには、北町奉行の榊原がついているとの思いもある。丈一郎が強気で言った。

「高井なら、おれの頼みを聞いてくれるだろうから、長八は心配しねえで音乃についてやってくれ」

「巽の旦那がそう言うんでしたら、あっしは喜んで手伝いやすぜ」

長八の声音に、活気がこもった。


生憎《あいにく》と、源三は出払っていた。

手隙《てすき》の船頭が一人残っていたが、なり立ての新米《しんまい》である。落とし噺《ばなし》に出てくるような、勘当された若旦那風の、色白い顔の男が舟を漕ぐという。仕方がない。事は急ぐと、その船頭に任せることにした。

舟は真っ直ぐ進めず蛇行を繰り返すも、なんとか筋違御門近くの桟橋には暮六ツ前には着けた。

「ひっくり返るんじゃねえかと、ひやひやしてやした」

危ないからよせと亭主の権六が止めたのを、無理して乗ったほうが悪い。帰路は別の舟を雇おうと、船頭を空舟《からぶね》で帰した。

まずは、金沢町の番屋をあたった。

「寅吉はまだ、このあたりをうろちょろしているかい？」

額に黒子のある男は、寅吉と言った。長八は番屋に顔が利く。このあたりの探索は、音乃はうしろについた。

「最近どっかに行ってたみてえだけど、今は家にいるんじゃねえかな」

「宿《やさ》はどこだい？」

「湯島横町《ゆしまよこ》の、吾兵衛《ごへえ》長屋だ」

湯島横町は、湯島聖堂《せいどう》の東側に位置する昌平橋《しょうへいばし》近くにあった。

「このへん、来たことある」

以前、火付盗賊改方《ひつけとうぞくあらためかた》が絡む事件に関わったことを、音乃は思い出した。今は、それよりも、寅吉を捕らえなくてはならない。墓荒らしよりも、お涼との関わりを知るためだ。

日は、西に暮れかかっている。

新米船頭の蛇行が余計な時を食ったと、音乃は恨めしく思ったものだが、むしろそれが幸いした。

吾兵衛長屋の木戸に、足を踏み入れたところでうしろに人の気配があった。ほろ酔い気分で、鼻唄などを交えている。

音乃が振り返ると、男と顔が合った。にわかに鼻唄が止まると同時に、男は踵《きびす》を返して逃げ出した。明らかに、音乃の顔を見て慌てたものとみえる。

音乃は、男の一点に見覚えがあった。

「長八さん、あの男……」

言うが早いか、すでに長八は駆け出している。音乃は、文武両道に秀でているが、難点は足が遅い。いや、女にしては遅くはないのだが裾が絡まる小袖では、走るのは遅くなる。

相手はほろ酔い。一町と行かぬところで、長八は寅吉を捕らえた。神田川の堤《つつみ》で、湯島聖堂の裏手にあたる。聖堂の築地塀《ついじべい》がずっとつづく、人通りのほとんどない通りであった。

四

翌日の昼近くになって、音乃は長八と共に深川へと赴《おもむ》いた。

甚平長屋のお涼のもとを訪れる前に、確かめることがあったからだ。

もう一人の、額に黒子のある男を長八は覚えていた。

「――松亀屋の主、善五郎さんにも黒子がありやしたぜ」

と、昨日の帰りの舟の上で聞いていた。

「来たかったのは、ここ」

心配していたが、店は営んでいた。茶処伊呂波と書かれた暖簾《のれん》を、音乃と長八は潜《くぐ》った。

「こんな店、初めて来やしたぜ」

大福餅を飲み込み、長八が言った。

「長八さんは、コフィって飲んだことある？」

「なんですかい、それは？」

「異国の飲み物で、湯呑一杯が一分《ぶ》もするのよ。とても苦くて……」

「音乃さんは、そんな高《たけ》えもんを飲んだことがあるんで？」

「ええ、一度だけ」

他愛のない話をしながら、音乃は人が来るのを待っていた。

「コフィってのはね……」

音乃が、異国の飲み物の薀蓄《うんちく》を長八に説こうとしたところに、

「おはようございます」

娘の声が聞こえ、口が止まった。

長八の顔も、音乃とは別のほうに向いている。その視線を辿ると、茶屋の娘のお仙に当たっている。

「……おせんちゃん?」

「やはり、長八さんは覚えてましたか」

長八は訝《いぶか》しげな面持ちで、音乃はしたり顔である。

「やはりって、音乃さんは知っていたので?」

「いえ、今までは半信半疑。それを確かめようと、長八さんにここに来てもらったの。本当は、もう一人……」

音乃の言葉が止まったのは、前掛けをしてお仙が近づいてきたからだ。

「知らぬ振りをしていてね。それと、わたしはここではお弓で通ってるの。間違っても、人前では音乃とは言わないで」

音乃は小声で耳打ちする。その様は、仲睦まじい男女に見えるが、ここではそれを下世話な目で見る者はいない。

「分かりやしたが、音乃……いやお弓さんとはなんで?」

「理由はあとで」

お仙が脇に立つと、音乃の小声は止まった。

「いらっしゃいませ、お弓さん。お茶のお代わりは、いかがですか？」

大きな急須を直に手にもち、茶を勧める。他所の茶屋では見られぬ、新手の接客の仕方であった。

長八は、あらぬほうを向いていて、お仙と顔を合わせようとはしない。松亀屋の聞き込みで一、二度顔を合わせたことがある。覚えているかもしれないと、長八は警戒していた。

お仙のほうは、それを気にする風でもない。ここでは不義を気にする客も多く、顔を背《そむ》けられるのはよくあることだ。ごく、自然な光景なのである。

茶を注ぎ、去ろうとするお仙を音乃は引き止めた。

「お仙さん、ちょっといい？」

長八に会わせるのとは別に、お仙には訊きたいことがあった。

「はい、なんでしょう？」

「先だってここであたしと話してた六三郎さんと駒二郎さん、亡くなったって知ってる？」

「えっ、駒二郎さんもですか？　六三郎さんのことは、知ってますけど……」

お仙の驚く表情に、偽りはなさそうだ。やはり、高松屋は駒二郎の死を完全に黙しているようだ。

「ふーん、駒二郎さんが……」

瞬間驚くも、お仙の顔は平常に戻っている。駒二郎の死を、気にもしていないって風である。

「ちょっと、小耳にはさんで。お仙さんなら、知ってるかもと」

「いいえ、なんにも聞いてません」

むしろ、わずかながら笑みを浮かべて答えるところに、音乃は訝しさを感じた。

「あの人たち、何かあったの？」

「あたしは何も知りませんけど、おかしい人たちであったのは確かです」

「おかしいって？」

「喜怒哀楽が激しいっていうか、ちょっとしたことで怒り出したり、と思えばものすごく機嫌がよかったりで……」

「あの人たちって、ものすごく口が臭かったでしょ？」

「ええ。たまに、臭いときがありましたよね。そんなときに限って、必ず女の人に声をかけたがるの。なんでだか、分からないけど」

音乃のときもそうであった。

──それって、異性を恋しくなるってこと。

阿片の陶酔に浸ると男女の交わりのさいに、えも言われぬ快楽を味わえると、『清國見聞録』に書いてあった。

ここでも、ドラグが結びつく。あのときは、陶酔の一歩手前であったのかもと、音乃は得心する思いであった。

「ちょっと、うちの店では迷惑をしていたのです」

お仙の、含み笑いの意味を知って、音乃は大きくうなずきを見せた。

「それでは、ごゆっくり」

と言って、お仙は去っていく。

「今の話聞いていたでしょ。寅吉を捜していてここで休んでいたら、三元堂の六三郎さんたちに話しかけられたの。そのとき、音乃とは名乗りづらくて咄嗟《とっさ》にお弓と」

「そうだったんですかい。ですが、いろいろと大変なことに巻き込まれてたんですねえ」

「おかげさまで、ようやく全貌が見えてきました」

「もっと詳しく、話しちゃくれやせんか」

「もうちょっと、待ってて。今はまだ……」

「あっ、あの男」

音乃の話を遮り、長八が長い顎をしゃくり上げた。顎の差すほうを見ると、音乃の覚えのある顔が入ってきた。

六三郎の葬儀のときに、万次郎と話をしていた額に黒子がある男。

「松亀屋の善五郎……こんなところにいたのか」

長八の言葉に、音乃は大きくうなずく。それが確かめられれば、それでよい。

「長八さん、ここを出ましょ」

額に黒子のある善五郎が顔を向けているのを、音乃は目にした。

長八の、特徴のある顔は、向こうも覚えているかもしれない。長八を先に店から出して、音乃はお仙に茶代を払った。


その帰路である。

「長八さん、おかげで助かりました。あとで、お礼はたんまりするわね」

「礼なんて、いりやせんよ」

「遠慮なく、受け取ってちょうだい。これは、真之介さまとわたしからです」

「えっ？」

意味深《いみしん》の言葉に首を傾げる長八とは、永代橋を渡ったところで別れた。

音乃はその足を、霊巌島の甚平長屋へと向けた。

お涼を突き詰めるつもりはまったくない。むしろ、真之介の非を詫びて、穏やかに真相を聞き出そうとの気持ちであった。

「ごめんください」

戸口に立って、障子戸越しに声を投げた。

「誰だい？」

返ってきたのは、男の声であった。

「音乃といいますが、お涼ちゃんはおりますか？」

障子戸をいく分開き、音乃は自分の本名を告げた。男の声は万次郎と知れるも、もうそれはかまうところではない。

「ああ、いいから入ってきな」

万次郎の声音に、音乃のことを待っていたかのような、落ち着きが感じられた。

明るい日差しが家に差し込み、中は一望できる。しかし、三和土《たたき》に立って見回すも、お涼の姿は見当たらない。いるのは頭が禿げ上がった、六十半ばの老体一人である。

六畳間の真ん中にどっかと座り、万次郎が火鉢を脇に置いて煙草《たばこ》を燻《くゆ》らしている。

「お涼は、いねえよ」

カツンと、火鉢の縁に煙管《キセル》を叩きながら万次郎が言った。平然とした声音であった。

「いつごろ、戻って来られますか？」

どこかに使いに行っているのではと音乃は思ったが、無言で首を横に振る万次郎の様子で、それは違うことに気づく。

「お涼はもう、ここには帰っちゃこねえ」

「帰ってこないって……？」

啞然として、次の言葉が出てこない。

「だから、もうここにはいねえよ」

「もしや……」

不吉な予感が脳裏をよぎり、音乃は思わず声に出した。

「死んじゃいねえから、心配しねえでくれ。逃がしてやった」

「逃がしたって、どこに？」

口角《こうかく》泡を飛ばし、音乃が言葉を投げた。おのずと語調も、きつくなる。

「逃がしたってのに、行き先を教える馬鹿はいねえ」

それはそうだと、音乃は言葉に詰まる。だが、もしかしたらという、予感はあった。

「日野に、行ったのですね？」

「………………」

無言が、万次郎の答といえた。

「お弓でなく、音乃さんといったな。わしも、あんたがいつ来るかと待っていた」

意外な言葉であった。

「そこじゃあ話が遠い、上がってくれ」

音乃は警戒するも、万次郎の言葉に従うことにした。

板の間のような固い畳の上に、三尺の間を置いて向かい合った。

「どうやら、みんなお見通しみてえだな」

もう、互いに素性は知るところである。落ち着いた口調で、万次郎が切り出した。

「はい。いろいろと、調べさせていただきました」

「そうだったか」

「まずは、お涼ちゃんに謝らなくてはいけないと。その上で、話を聞きに来ました」

万次郎は、煙管を袋にしまい、胡坐《あぐら》であるが話をする姿勢を取っている。頬にある古傷に、盗賊の頭《かしら》であった凄みがあるが、表情は穏やかであった。わだかまる様子がまったくない。

「はい。わたしの死んだ亭主の不注意で、お涼ちゃんの父親を、無実の罪で獄門台に送ってしまい……」

「確かにあの当時から、お涼はずっと巽真之介を恨んでいた。親父が死んだと聞かされ、泣いて俺のところに来てなあ、仇を取ってくれとすがる。だが、俺も脛《すね》に傷を持つ身だ」

「猿すべりの唐五郎さんと異名をもつ、盗賊のお頭だったと聞いてます」

「そこまで、調べていたか。さすが町方の女房だ」

ふと、小さく笑いを浮かべ万次郎の語りはつづく。

「そんなわけで、あのときは奉行所相手に喧嘩を売る気はなかった。お涼のほうを説得し、代わりに親として面倒をみてやることにした。母親ごとな。ああ、峰吉の女房を娶《めと》った形にしたってことだ」

語りながら一瞬、万次郎は面相を曇らせた。

「だが、その女房も二年前に流行《はや》り病で逝《い》ってしまった。すまねえけど、煙草いいかい？」

「どうぞ、吸ってください」

「五年前の話か？」

一度袋にしまった煙管を取り出すと、雁首に煙草を詰め、火鉢で火をつける。そしてゆっくりと二、三服して煙を燻らすと灰を落とした。

「これで、気持ちが落ち着いた」

ふーっと大きく煙を吐き出すと、万次郎は煙管を袋にしまい、話のつづきに入った。

しばらく、掛け合いがつづく。

「これまで、お涼に言わなかったことがある」

「もしや、松亀屋の善五郎さんと万次郎さんの関わりですか？」

「ほう、そこまで調べていたか？」

「いえ、まだわたしの勘といったところでして。もしやあのときの押し込み事件が元で、善五郎さんは商いを捨てて逃げたのではないかと」

「ほう。どうしてそう思った？」

「たったと申してはなんですが、五両奪われたくらいでお店を捨てます？　やましいことがあったのではないかと。そこに、万次郎さんとの関わりを感じました」

「ああ。確かにそうだ」

「ですが、何をしていたのかまでは、分かりません」

おおよそ分かっているつもりだが、ここは万次郎の口からはっきり聞きたいところだ。

「善五郎のところは、あちこちから盗品を仕入れては売っていた。自分で騙し盗ったものも含めてな」

「善五郎って人は、盗人だったのですか？」

「いや、あいつの手口は騙《かた》りってやつだ」

口八丁で他人を騙し、物を奪い取ることである。

「そこに、おれたちも骨董の卸《おろし》に一役買ってたってわけだ」

「そのころは、足を洗っていたと聞きましたが……？」

「いや。足を洗ったのは、峰吉でな」

「峰吉さんは、盗賊の一味だったのですか？」

「俺の子分だった。だがお涼は、俺と峰吉のそんな仲を今もって知らん。表向きは、骨董目利きの師匠と弟子ということにしていた」

「よく、お許しになりましたね。盗賊ってのは、足抜けは絶対に許さないと聞いてますが？」

「それは人それぞれだ。一つぐれえは、そんな盗賊があったっていいだろ。おかげで、これまで捕まってこなかったのもそのためだと思っている」

寛容にしていたおかげで、仲間の裏切りは一切なかったと、自賛の口調であった。

「峰吉は捕まったものの、松亀屋の押し込みは俺たちの仕業と思ったのだろうな。一切一味のことはしゃべらねえで、何もしてねえってのに自分ひとりで罪を被っちまった。せっかく真人間になったというのによ」

煙草を吸いたくなったか、万次郎は煙管の袋に手をかけるも、取り出すことはなかった。

「巽の旦那は、真の下手人を捕まえようと躍起となった。となると、逆に善五郎のほうだって穏やかじゃなくなる。やましいことがばれる前に、自分から三十六計を決め込んだってわけだ。表向きは、借金で夜逃げしたってことにしてな。善五郎は店の品物を安値で売り払い、それを元手にして深川で伊呂波という茶屋を出した」

「ずいぶんと、派手なお店で……」

「行ってきたのか？」

「もう三、四度ほど通ってます。先ほども行って、主人が善五郎さんであることを確かめてきました」

「そうだったかい。ギヤマンという透き通る器があったろ、あれもどこかから盗んできたものだ」

「長崎にいて、阿蘭陀商館と親密だったと聞いてましたが？」

「そう言っとけば、店に箔《はく》がつくだろうよ」

「コフィも、そうでしょうか？」

「コフィって、あの苦いやつか？」

「ご存じで？」

「あれだったらその昔、どこかの旗本屋敷からおれが盗んできたもんだ。あんな古いものを捨てねえで、今でも客に飲ませてたんか？」

「はい。湯呑一杯、一分で……」

「なんて、ふてえ了見だ！」

万次郎の憤慨に、音乃は胸のあたりが気持ち悪くなるのを感じた。あの酸っぱさは、饐《す》えてのものであったかと。

異国との関わりを感じ、ドラグの元締めと疑って掛かっていたものが、これで伊呂波は音乃の脳裏から消えた。

五

話は、三元堂との関わりに移る。

「万次郎さんと、三元堂さんの関わりを教えていただけませんか」

「六三郎の弔問に行ったとき会ったが、あんときは驚いたぜ。まさか、あんたがあそこにいるとはな」

「やはり、わたしのことをご存じでしたか」

「ああ。あんたばかりでなく、巽家のことはみな知っている。だが、なんでお弓という名を騙っていたのかまでは分からねえ」

「それは、六三郎さんと知り合ったときの成行きでして、仕方なく別の名を。他意はありませんでした。不慮の死を遂げたと聞いて、あのときはお線香の一つもと、うかがった次第です」

「馬鹿な野郎だぜ、あの六三郎って奴は」

「とおっしゃいますと？」

音乃の問いに、万次郎は遠くを見つめるような目つきとなった。

「薬のことも、ろくすっぽ知らねえで……」

独り言のように語り出す。

気持ちを落ち着かせようとしてか、万次郎はまたも煙管を手にした。だが、煙草が不味《まず》いのか、一服するとすぐに火鉢に火玉を落とした。

「峰吉の件がきっかけで、俺は猿すべりの異名を捨てた。ついでに、唐五郎から万次郎に名も変えた。六十も過ぎちゃ、盗人も足腰が利かなくなるしな、足を洗ったってことよ。それで、深川佐賀町の長屋へと移り住んだ。二階家で、三人が暮らせるいい家だった。しばらくは、安穏とした日が……」

思い出しだし、万次郎が往時を語る。

安穏とした日は、三年ほどつづいた。

峰吉の心意気にほだされて、母娘二人を引き取ったものの母親のほうが病《やまい》に伏せたのが二年前の一月。そのとき、万次郎は三元堂を訪れ、

「――こんな症状の病に効く薬はねえか？」

そのとき万次郎と応対したのが、店を手伝っていた六三郎であった。

「でしたら、これを……」

もらったものが、いい加減なものであった。三服飲んだところで、母親はあえなく

逝ってしまった。

毒を飲ませたと、万次郎はいきり立ち、主の考太郎に詰め寄った。

薬問屋は、信用を失くすと成り立たなくなる。六三郎の不届きを内密にしてくれと、二百両で示談の手を打ってきた。二百両といえば、町人一家ならば一生安泰に暮らしていけるほどの大金だ。

考太郎の意を汲んで、万次郎はそれで手を打つことにした。

金でけじめをつけたと、万次郎はふっと息を吐きながら言った。

音乃に、顔をそむけるように語りがつづく。

「だがな、俺には悪党の血が流れている。そんな金がいつまでもあるわけねえ。丁半博奕《ちょうはんばくち》の手慰みでほとんど……三元堂との付き合いは、それからまたはじまった」

「お金をせびっていたのですか？」

「ああ、そのとおりだ。半年ほど前に久しぶりに三元堂を訪れ、ちょっと昔の藪《やぶ》を突っついてみた。そしたら、あっさりと五両出してくれた。本来ならば、片はついたと突っぱねられるものと覚悟していたものがそうじゃなかった。こいつは何かあると睨んだが、当然口には出しはしねえ。それからというもの、毎月のお手当てが五両ずつ。

先だっても、そいつを取りに行ったところだった」

「六三郎さんの亡くなった……」

「ああ、あのときも金の受け取りだった。それもこれも、お涼のためにな。少しでもいいところに嫁に出したいと、そのためにはこっちにも手持ちってのが必要だからな」

「なぜにあっさりと、考太郎さんはお金を出したのでございましょう?」

お涼のことはさておいて、音乃は不可解さを口にする。

「俺にはなんとも分からん。だが、大店の屋台骨がへし折れるほど、やましいことがあったのだろう。六三郎が死んだとき、もうこれきりだと言って二十両出した」

「口を封じる約束を破り、なぜにわたしに打ち明けてくれたのですか?」

「三元堂のことを探っているのだろう?」

「えっ?」

「葬式のとき見た顔に、そう書いてあった。それに、武家の嫁が町屋の娘に成りすますなんて、何かあるとしか思えねえだろ」

「はぁ……」

「何を探っているか知らねえし訊きもしねえが、俺が語るのはせめてもの罪滅ぼしと思ってくれ」

「罪滅ぼしとは？」

「お涼のしでかしたことだ。だが、毒せりで殺そうとまでは、まったく俺も思ってもいなかった。お涼からそいつを聞かされたときは、ひっくり返るほど驚いた」

「万次郎さんは、毒せりのことはご存じなかったので」

「ああ。そこまで、恨みが募っていたとはな。だが、あのときお涼は、大声で泣きじゃくっていた。あんな優しい奥さまたちを殺そうとしたってな」

ふーっと一つ大きく息を吐いて、万次郎は一言添える。

「しかし、咎めは咎めだ。いつか乗り込んで来ると思い、俺はお涼を逃がしてやった」

「そうだったのですか」

お涼がいつどこで、どうして巽家のことを知ったのかはもうどうでもよい。殺したいのほどの恨みを抱いていたのは、これで知れた。

湯島聖堂の裏で寅吉を問い詰め、すべてを白状させた。

幼なじみの寅吉たちを一分の金で手なずけ、墓を傷つけたのが、お涼の巽家への宣戦布告だった。ただし、他の墓には一切手をつけていないと、寅吉は大きく首を振った。

蚯蚓の件も、盆栽壊しも寅吉たちの手によるものであった。他の盆栽壊しは、ほかに注意を逸らさせるための目眩《めくら》ましだと、寅吉は土下座をして詫びた。ここまでは、お涼の溜飲《りゆういん》を下げるための腹いせであった。毒せりのことは、寅吉は知らなかったという。

しかし、とどめが毒せりである。そこまでお涼の恨みが骨髄に達していたとは、周りに気づいていた者は誰もいなかった。

「それが未遂と知ったときは、お涼も心の底から安堵した顔だった。俺もお涼が人殺しにならなくて、ほっとしている。お涼に罪はねえ、あるのは俺の昔の罪だ。今度のことも、すべてひっくるめて俺をふん縛ってくれ」

「わたしは、お役人でも岡っ引きでもありません。縄なんてもってませんよ」

お涼のことは、これで収めるつもりであった。

万次郎には、ほかに二つほど訊きたいことがあった。

「万次郎さんは、囲碁を嗜《たしな》むのですか？」

丈一郎のために、これは訊いておかなくてはならない。少しばかり、事件からは話がずれた。

「そういえば、先だって巽の旦那が訪ねてきたな」

「はい。弱い人とはやらない、というより、囲碁が打てないのではないかと疑ってました」

音乃の言葉に、万次郎は皺顔を綻《ほころ》ばす。初めて見た、万次郎の笑い顔であった。

「俺は昔、十世本因坊烈元《れつげん》の弟子だったことがある。だが、子供のころから手癖が悪くてな、囲碁でめしを食うより盗人を選んだ」

「もったいない……」

「ああ。俺もそう思うが、曲がった性分てのは真っ直ぐにはできねえ。師匠が大事にしていた碁盤を盗み売って破門となった。それからは、碁石は握っちゃいねえ。たまたま旦那が囲碁をやってるって聞いたもんで、お涼が俺の話をしたのだろう。なんで毎日石を並べてるって嘘を吐いたか知らねえが、親父の峰吉も碁が好きだった。そんなんで、思い余って話したんだろうよ。まさか巽の旦那が来るとは思わなかったが、俺のことを知らなかったようで、あのときはほっとした」

素人どころではない。囲碁に関しては、とんでもない玄人《くろうと》はだしと知って、音乃は口を閉じた。

そして、もう一つ分からないこと。

「お涼ちゃんが松亀屋の名を出したのは、なぜなんでしょうか？」

「そいつは俺の入れ知恵だ。必ず身元を訊かれるから、そう言えと。だが、松亀屋という屋号と在り処は出さず、適当に言っておけと授けたんだがな。娘の浅知恵では、どこかで本当のことが混じってしまうんだな」

「ですがそのおかげで、すべてのことがつながった気がします。松亀屋がもし架空の屋号でしたら、お涼ちゃんを許すことはできなかったでしょうね」

「するってえと……？」

「わが夫、真之介が許してやってくれと言ってます」

「旦那の声が聞こえるのかい？」

「はい。わたしは、閻魔の女房ですから」

「……そういうことかい」

呟く万次郎は、真顔であった。

お涼の言葉の中に『――あんな優しい奥さまたち』とあった。

音乃はそれだけ聞けば、律も許してくれると思った。もう、万次郎には訊くこともないと音乃が腰を上ようとしたところであった。

「ちょっと、待ってくれ」

万次郎が、引き止める。

「思い出した。三元堂のことをしゃべったからには、こいつも言っておかなくてはいけなかった」

「どんなことでしょう？」

音乃は、再び腰を据えた。

「前の月、三元堂に行ったとき六三郎の様子が尋常でなかった。甲高い女声のような奇声を上げて、わけの分からんことを喚《わめ》き散らしているのが聞こえてきたんだ」

――禁断症状。

音乃は、それが薬物によるものと取った。

「六三郎さんに、いったい何があったのでしょう？」

薬物のことには触れず、音乃は問うた。

「いや、なんでだか。酒の酔いがそうさせていると思ったのだが、そんときの考太郎の、なんともいえぬ苦渋のこもった顔が忘れられん。そして、一言呟きがあった」

「なんと？」

「小声であったが、俺の耳には入った。『――あの馬鹿、なんとかせんと』ってな。あれは、なんかあると俺は思ったが口にはしなかった」

「なぜに、訊こうとしなかったのです?」

「三元堂は、まだまだ金蔓《かねづる》だったんでな」

音乃の目は、もう万次郎には向いていない。しばし考え、音乃は万次郎に顔を戻した。あとは、三元堂の考太郎に顚末《てんまつ》を聞けばよい。

「もう、三元堂さんは金蔓にはなりませんよ」

「ああ、仕方ねえ。もう、充分にいただいたからな。それもこれも、お涼をよいところに嫁に出したいがためのことだ。だが、もう用がなくなった……そうだ、ちょっと待ってくれ」

万次郎は立ち上がると、押入れを開けた。そして何やら取り出すと、再び音乃と向き合った。そして、草紙紙に包んだものを、音乃の膝元においた。

「取っておいてくれ」

「なんです?」

訊きながら、音乃は包みを開けた。すると、五両入っている。

「墓の修理代だ。五両かかったと、お涼から聞いていたのでな」

「それでは、ありがたく……」

万次郎の気持ちを、音乃は素直に受け取った。そして、口にする。

「お涼ちゃんを、日野から戻してあげてください」

ここまでして、初めて真之介の意を汲むと思ったからだ。

「本当にいいのかい？　それで……」

「さっきも、申し上げました。お涼ちゃんが戻りましたら、いつでもお裁縫を習いに来てと伝えてください」

万次郎が深く頭を下げるのを見て、音乃はゆっくりと立ち上がった。

六

音乃は家に戻り、丈一郎に委細を語った。

「お涼のことは分かった。音乃がそう考えるのなら、おれに異存はないし律も許すだろう」

「それではお義父さまは……」

「真之介がそう言うんだから、許すよりかしょうがないだろう」

丈一郎の言葉に、音乃は深く頭を下げた。

万次郎から返してもらった、五両を差し出す。

「お墓の修理代です」

「返してくれたのか。だが、壊された盆栽代は入ってないな。あれには価値がないってことか」

丈一郎のがっかりとした口調に、音乃は袂を口にあてて笑いを堪《こら》えた。

二人は真顔に戻ると、話の中身が、三元堂と高松屋の裁《さば》きに移った。

「これで、二軒の大店がなくなることになりましょう」

「三元堂は弟殺し、高松屋は倅殺しか？」

「おそらく、そう思って間違いないものと。薬物に溺れ、どうしようもなくなった弟と倅を立ち直らせるのではなく、お店のほうを大事と取ったのですね。あとは、確たる証しを摑むだけです」

三元堂も高松屋も、まだここまでの探りには気づいていないだろう。三元堂は闇に葬れたと安心しきっているだろうが、それでも高松屋のほうは戦々恐々としているはずだ。

「高松屋さんが一番恐れているのは、お弓という娘……」

「お弓とは、音乃の偽名か？」

「はい。いい加減に使ったのですが、とんだところで、役に立ちそう」

「音乃は、何か策でも考えているのか？」

「……もたれ攻め」

音乃がふと、呟く口調で言った。

「今、もたれ攻めって言わなかったか？」

「お義父さまは、ご存じで？」

本筋に狙いを定めるも、直接攻撃を仕掛けるのではなく、まずは相手の弱点にもたれかかるようにじっくりと攻める、囲碁の常套手筋である。

「先だって師範から教わったが、なかなかうまい具合にはいかん。どうも本筋のほうばかりに手がいってしまってな」

「初心者には、難しい手筋と思われます」

ここで音乃は、万次郎から聞いた囲碁への思いを語った。

「そうか、万次郎がな」

碁盤がなかった事情を知って、丈一郎が感慨深げに返した。

「この場合、三元堂が本筋と思われます。なんせ、薬を扱っているのですから。ですのでここは、高松屋にもたれて証しを摑んだらよろしかろうと」

「手立てはあるのか？　相手は、用心棒を雇ってるのだろう」

「はい。そこでです……」

音乃は膝を繰り出し、丈一郎と間合いを詰めた。丈一郎も前屈みとなって、音乃の策に聞き入る。

「……と、なさったらいかがでしょう」

前屈みになった体を起こし、音乃は策を語った。

「踏み込むのは、明日ということで……」

「ならば、長八を捜さんといかんな」

「長八さんなら、すぐに渡りがつきます。このために、つなぎの方策を聞いておりますから」

「よし、分かった」

丈一郎の返事を聞いて、音乃は立ち上がった。二町離れた、八丁堀は水谷町の番屋へと赴く。

その夕刻であった。長八が一人で、巽家へとやって来た。

「長八さんに、お礼を差し上げたいと……」

「なんです、お礼って？　前にもおっしゃってやしたが」

「途轍《とてつ》もなくでかい、お手柄です。明日の暮六ツ過ぎ、高井様を連れて、深川万年町の材木問屋高松屋の母家《おもや》に来てください」

「材木問屋、高松屋ですね」

「はい。そこで、主の徳兵衛さんを、御用の筋ということで引き立ててください。必ず何か、白状するはずです。そしたら、そのあと佐賀町の三元堂さんにも来てください」

「三元堂って……というと、弟をですかい？」

「はい。おそらく、考太郎さんもなんらか……」

ここですべてを語ったら、長八の手柄にはならないと思ったからだ。


翌日の夕、音乃と丈一郎は高松屋へと赴いた。

裏から回って、母家へと入る。

このときの音乃のいでたちは、男装の若武者姿である。五つ紋が入った艶やかな弁《べん》柄《がら》色の小袖に、薄鼠《うすねず》色の平袴を穿《は》いている。腰に、真之介形見の大小二本を差す。

高松屋の主を捕らえるだけなら刀は不要であるが、用心棒という厄介なのが数人いる。いくら音乃でも、素手では心もとないとの警戒からであった。

「お弓……」

徳兵衛とは、この日二度目の再会であった。

大刀を腰から抜いて、徳兵衛と向かい合って座る。

「町屋の娘と聞いていたが……」

徳兵衛の声に、震えが帯びている。

「行きがかり上、そんな名を使わせていただきました。わたしの本名は音乃。こちらは……」

「義理の父親で、巽丈一郎と申す」

丈一郎が、武士の威厳を込めて言った。

音乃の来訪に、主の徳兵衛が驚きの表情を見せている。用心棒に斬られ、死んだのではなかったかという気持ちが顔に表れているようだ。

「どうやら、用心棒さんに嘘をつかれましたようで。お生憎《あいにく》さまでしたね」

「用心棒が、どうしたと？　わしは、知らんぞ」

「先だって、わたしを斬ろうとなさりました」

「なんだって！」

表情に嘘はない。徳兵衛が仕掛けたのではないのはこれで分かったものの、

「それはともかくとして、なぜに、跡取りの駒二郎さんを殺したのでございますか？」

音乃は、単刀直入に訊いた。多分に鎌かけもあるが、自信のある物言いであった。

「殺しては、おらん。あれは、事故だ」

「ならば、なぜに駒二郎さんの死をお隠しなさります？　こそこそとご遺体を夜中のうちに相兼寺に運び込み、さっさとお弔いを済ませたのはいかなることで」

片膝を前に繰り出し、音乃が問い詰めた。丈一郎の無言の威嚇が、音乃を後押しする。

「それはだ……」

徳兵衛が語りはじめようとしたところで、ガラリと音を立てて襖が開いた。

「だから、この女を殺しておけばよかったのだ」

二十代半ばの男が、三人の浪人をうしろに従えつつ立っている。

「与一は引っ込んでいろ。なぜに、ここに出てきた？」

この男が、駒二郎の兄である与一。音乃は、初めて見る顔であった。

「こいつらを殺せば、すべては闇の中。それがおいらの望みだってんだ」

「何を言ってるんだ、与一」

「この身代を継ぐのは俺だぜ、お父っつぁん。誰にも、継がせはしねぇ……うひひひ」

与一が、気色《きしょく》の悪い笑い声を漏らしている。

「……やはり」

墓地にいたのはこの男だったと、音乃ははっきりと感じた。そして立ち上がると、与一の眼前に顔を近づけた。

「なっ、なんだ?」

「やっぱり、臭います」

音乃は元に戻ると、丈一郎に小声で告げた。駒二郎たちと同じ不快な臭いを発している。

「先生方、この二人を……」

「やめろ、与一」

徳兵衛が止めるのも聞かず、与一は浪人たちをけしかけた。

「ここでは、なんだ。外に出てもらおうか」

額に向こう傷がある浪人が、沈む声で言った。黒羽二重の着流しで、先日はいなかった男である。こけた頰に、手練《てだれ》としての凄みが現れている。所作にも、他の二人にはない隙のなさが感じ取れた。

用心棒の浪人たちさえ仕留めれば、あとは長八たちが踏み込む算段である。

暮六ツが迫っている。

日が大きく傾き、西の空は茜色に染まろうとしている。広い材木置場に、人の姿はない。

「先生、殺《や》っちまっておくれ」

与一の目は、さらに虚ろとなって異常をきたしている。口からは涎《よだれ》がだらしなく垂《た》れ、薬物に冒《おか》された典型な症状と見受けられた。

「音乃、斬ってはならんぞ」

「はい……」

音乃と丈一郎は大刀の物打ちを天に向け、背中合わせで三人の浪人と対峙する。

浪人の二人は音乃と丈一郎の敵ではない。まずはこの二人を倒し、黒羽二重と対峙しようと、音乃と丈一郎は咄嗟に策を練った。

音乃は右の浪人。丈一郎は左の浪人に狙いを定め、一気に打ってかかった。虚を突かれたか、二人の浪人はなす術《すべ》もなく地べたへと崩れ落ちた。

しかし、それが不覚であった。「うぎゃっ」と、声をしたほうに目を向けると、与一が地面に血を吸わせて倒れている。

黒羽二重の男に握られた大刀の鋒《きっさき》から血が滴《したた》り落ちている。

二人の浪人を倒す間の、瞬時の出来事であった。

「なんで、与一さんを？」

「大旦那の言いつけだ」

「なんですって！」

音乃が、頓狂《とんきょう》な声を上げた。

「所詮は本当の子ではない。実の子を殺した仇討ちってことだ」

「そうすると、駒二郎さんを殺ったのは……」

音乃の目が、倒れている与一に向いた。

「暁幻四郎《あかつきげんしろう》。高松屋の主の義理で、おぬしらの命をいただく」

声音を落とし、ぼそぼそとした口調であったが、言っていることは分かった。

血糊《ちのり》を振り拭い、額の向こう傷が音乃と丈一郎に向いた。世の中に未練を抱かぬ、虚無の不気味さを感じさせる。

「あの構えは……」

　相当な手練と、丈一郎が警戒する。

「はい。満月無心流《まんげつむしんりゅう》の構えと見受けました」

　柄《つか》を握る手に、汗が滲み出る感触となった。

　鋒を地面に向けた脇構えから、いずれ太刀を天に向ける。

　音乃と丈一郎は、天に向けた物打ちを返す。真剣での相対となった。

　正眼の構えで対峙するが、二対一の実力はそれで互角であった。打ち込むこともできなければ、相手からもかかってはこられない。

　やがて日も落ち、暮六ツを報せる鐘が遠く聞こえてきた。

　そろそろ、長八たちが駆けつけるころだ。音乃と丈一郎は退き、高松屋の捕縛を任せる算段だったが、読みが違った。

　これほどの剣客を飼っていたとは、音乃は思ってもいなかった。

　暁幻四郎を仕留めなくては、先には進めぬ。

　どう打ちかかろうかと、音乃が考えを巡らせたときであった。

「高井の旦那、あんなところで……」

　背後からの長八の声に、暁幻四郎が背中に気を向けた。その一瞬の隙を、音乃はとらえた。

一間の間合いを一歩足を踏み出し、暁幻四郎の胴を払った。しかし、音乃の一刀は暁幻四郎の剣に阻まれ、腹を抉《えぐ》ることはなかった。だが、丈一郎が音乃に次いで二の剣を放っていた。

丈一郎が振り下ろした物打ちが、暁幻四郎の肩口を裂いた。

長八と高井のうしろに、主の徳兵衛が神妙な顔をして立っている。

音乃は近づき、徳兵衛に小声で訊いた。

「駒二郎さんたちが、変な薬に手を出していたのは知ってましたね？」

「…………」

無言であるが、がっくりと肩を落とし徳兵衛が大きくうなずいた。

七

長八にあとは任せ、音乃と丈一郎はその足を三元堂に向けた。

すでに大戸は閉まっていたが、切戸は開いた。

「ご主人はおられますか？　お弓が来たとお伝えください」

手代らしき奉公人に、考太郎への来訪を告げた。間もなく考太郎が、店先へと顔を出す。

「お弓って……その形《なり》は？」

腰に大小を帯びた音乃に、考太郎は絶句する。

「わたしはお弓という名ではありません。実名は、音乃と申します」

「拙者は、音乃の義父で巽丈一郎……」

「そのお二人が、なんのご用で？」

「大旦那さまに、お訊きしたいことがございまして……奥でお話、よろしいでしょうか？」

戸惑う素振りを見せたが、丈一郎の凝視で心を決めたようだ。鬼同心の異名を取った丈一郎の睨みは、今も健在である。

「どうぞ、お上がりになって」

用心棒はここにはいないようだ。考太郎が先に立って、二人を案内する。通された部屋は、床の間が立派な八畳の間であった。

さすが薬問屋の客間である。上質の百目《ひやくめ》蠟燭《ろうそく》を使い、部屋全体を明るくさせている。

「亡くなりました、六三郎さんのことで……」

向かい合って座る早々、音乃が切り出した。落ち着いた、声音であった。

「六三郎さんの死は、事故ではなく殺しとお見受けしましたが」

ここでも音乃は単刀直入に言った。徳兵衛と同じく多分に鎌をかけ、自信のある物言いであった。

「いや、知らん。あれは、酔っぱらって川に落ちたのだ。天地神明《てんちしんめい》に誓って……」

考太郎の声に震えが帯びている。そのとき、建てつけがよいはずなのに隙間があるか、蠟燭の明かりがふらっと揺れた。

「分かりました。百歩譲って、それは受け止めましょう。ですが、一歩も譲れないことがございます」

「譲れないとは？」

「三元堂さんでは、よからぬお薬を扱ってはございませんか？　西洋ではそれを、危ないドラグと申すそうですが……」

「いっ、いや知らん」

言葉とは逆に、明らかに考太郎は動揺している。

音乃は、畳みかける。

「清《しん》の国では、阿片という痲薬が流行《はや》っているそうですが、まだこの国には伝わってないものと聞いています。そんなものが、なぜに三元堂さんにあるのか不思議でなりません」

「いや、阿片なんてものはここにはないし、見たこともない」

「ならば、あるのはなんでございます？　六三郎さんと高松屋の駒二郎さん、そして与一さんの三人がお墓で吸っていたものってなんなんです？」

「…………」

顔をしかめるも、考太郎の口から返事はない。

「それでは、これをご覧ください」

音乃は言うと、袂の中から手巾を取り出した。

「こんなものが、現場に落ちてました。焼け焦げた木片ですが、これで薬を燃やして煙を吸っていたものと。西洋のドラグを扱っているものと、お見受けしましたが……」

「いい加減に、白状したらどうだい。白《しら》を切ったからって、こっちが引き下がると思ったら大間違いだぜ」

丈一郎の、ここぞとばかりの恫喝《どうかつ》であった。

がっくりと崩れる肩に、大店を支える力は抜けている。しばしの沈黙のあと、考太郎の口からため息のようなものが漏れた。そして――。

「いや、西洋のドラグではない」

観念したか、考太郎が小声で話しはじめた。

「それは、六三郎が自分で作り出したものだ。あいつは無知なくせに薬草をいじるのが好きでな。以前、あいつが作った薬で、人を殺《あや》めたことがある」

それは、万次郎の話と音乃は得心している。小さくうなずき、その先を聞いた。

「お弓さんが言う……」

「音乃です」

「音乃さんが言う西洋のドラグというのも、ここにはない。すべて六三郎が自分で作り出したものだ。鎮痛薬で使う大麻草とかいろいろな薬草を混ぜているうち、できてしまったものだ。そのうち、高松屋の馬鹿息子どもが……嗚呼《ああ》……」

大きな吐息と共に、考太郎は絶句する。そして、苦しい胸の奥から絞り出すような声で、ゆっくりと語りはじめた。

「ああいう薬は一度やったら、止められなくなる恐ろしいものだ」

顔を上げ一点を見据える考太郎に、惑いはなくなったと見える。

「手前がその薬を知ったときは、もう三人は……ほかには出回ってないから、それだけは安心してもらいたい」

「その根拠は？」

「こんな凄いもの、誰にも渡せられんと言っていた。そうそう大量に作れるものでもないし、そのため三人だけのものとなった。あいつら三人は、手のつけられんところまで薬に冒されていた。禁断症状って言葉を知ってるかどうか……」

「はい、知っております」

「その間合いがどんどんと短くなり、薬の服用が我慢できなくなってきた。こんな物が世の中に広がったら大変なことになる。六三郎の隙をみて、すべて処分しようと思ったが叶わなかった。そのうち六三郎が『──兄貴、これを売るぞ』と言い出してきた。もの凄い高値で売れると言ってな。とんでもない、むろん手前は止めたが今度は脅しにかかってきた。気に食わない甥っ子に身代を譲るなら、俺にくれと。さもなければ、薬を世間にばら撒くと。あいつ……六三郎さえいなければ誰も薬を作れる者はいなくなる。身代を守るということも、手前の務めだ。あの夜、ふらついて家を出た六三郎のあとを追い……」

そこまでを一気に語ると、考太郎の肩はガクリと落ちた。

「堀に突き落としたのですね？」

「…………」

肩を震わせ、大きく頭を下げた。考太郎の様子に、音乃と丈一郎は顔を見合わせ、小さくうなずく。そして、もう一言――。

「その薬物はどうなされました？」

「すべて、土中深くに埋めた。もう、人の目に触れることはない」

確たる証拠はなくなったが、考太郎の口からすべてが語られるだろうとここは信じる以外にない。

もう一つ、これだけははっきりさせておかなくてはならない。

「相兼寺にあるお墓は、壊されておりませんでしたか？」

「ああ、あれも三人の仕業だった。六三郎が『――墓をぶっ壊してやったぜ』と、言ってましたしな。そこまで手前に恨みをもっているとは知らなかった」

巽家の墓を除いて、墓荒らしは六三郎たちの仕業であった。六三郎が作った薬物には、暴れたくなる禁断症状も含まれていたのだろう。それと、甘い物をやたら欲しがるのも。

考太郎の話を聞いていて、音乃はふと思った。

――人の恨みが高じると、いかに恐ろしいものか。

お涼のことといい、人間のもつ業である『執念』というものを、身につまされて感じる音乃であった。

「考太郎さん、そのことをお白州でお話しできますでしょうか？」

「ああ……」

声に力はなかったものの、これですべては片がついたと、音乃はほっと安堵の息を漏らした。

そのとき廊下を慌しく駆けつける、数人の足音が聞こえてきた。襖《ふすま》が開き、同心の高井と長八、そして捕り手が二人なだれ込んできた。

「長八さん……」

長八の顔を見て、音乃はうなずきを見せた。無言であったが、長八には通じる。

「へい。あとは、任せといてくだせえ」

「巽の親父さんは、なんで……？」

高井から、丈一郎に問いがかかった。

「行きがかりで、こんなことになった。久しぶりに町方同心となった気分だぜ」

ポンと、高井の肩を叩いて丈一郎は言った。

その翌日、音乃は一人で北町奉行所に赴き、筆頭与力の梶村と面談した。八丁堀の屋敷でと思ったものの、事は急ぎである。梶村の帰りを待ってはいられない。

丈一郎は面が知られていると、影同心になってからは一度も奉行所に顔を出していない。音乃なら知られていても、別の用事でと誤魔化すこともできる。

「墓荒らしの下手人が分かりました」

音乃が告げると、梶村の面相に笑いが含まれている。

「今朝方、同心の高井が血相を変えてきてな、昨夜のうちに高松屋の徳兵衛と、三元堂の考太郎がすべて白状したそうだ。馬鹿息子たちが冒されていた、薬物のことまでな。おかげで、世の中に出回ることこともなく水際で食い止めることができた。お奉行も、喜んでおったぞ」

「お手柄は……」

「高井と長八ということにしておく」

「ありがとうございます」

畳に手をつき、音乃は礼を言う。

「ところで、お奉行様は薬物のことを踏まえて墓荒らしのことを？」

「お奉行は、薬物のことは一切知らなかった」

「ならばなぜに、墓荒らしの一件を？」

音乃は、てっきり奉行榊原が放つ『もたれ攻め』の一手かと思っていた。本筋は薬物で、搦め手は墓荒らしだと。

「それは、大目付の井上様《いのうえ》からお奉行への打診であった。妙善院にある井上様の家の墓が壊されていてな、寺社奉行配下の探索では心もとない。音乃に探らせてくれと、頼まれたそうだ」

大目付の井上利泰《としやす》は、実父である奥田義兵衛の上司である。それがもとで、音乃をよく知る幕閣であった。

「今のところ暇だろうということで、お奉行に他意はなかったらしい。瓢簞《ひょうたん》から駒だと驚いたのなんの……さすが音乃と丈一郎だと、喜んでおったぞ」

梶村の言葉を聞いて、音乃は笑みを浮かべながらゆっくりと腰を浮かした。

それから数日して、音乃のもとに甚平長屋に住むおたかが訪ねてきた。

「お涼ちゃんが戻ってきてね、これを音乃さんに渡してくれと頼まれんだよ」

おたかがもつ手籠に、山菜が詰められている。その中に、一通の封書が差し込まれていた。

「この山菜、うちでも美味しくいただいたよ。せりのお浸しは、ちょっと苦《にが》かったけどね」

おたかの言葉に、音乃の顔からふと笑みがこぼれた。

さっそく音乃は自分の部屋に戻ると、お涼の手紙を一読した。

音乃さまへと、最初の一行がある。

『本当にすまないことをしたと　今は悔いる毎日を送っています　本来ならば訪れて奥さまにもおわびをせねばなりませんが　そんな勇気もなく手紙で失礼いたしますすべてはみんなあたしの思いちがいから大変なことをしでかしました　深く深くおわびいたします　真之介さまにはなんの落ち度もなかったと　今になってわかりました』

「えっ、どういうこと？」

音乃は独りごちると、その先を読みつづけた。

『お父っつぁんが伊呂波の善五郎さんと会って問いただしたところ　あのとき下手人は峰吉と奉行所の役人にいつわったそうです　それなのにずっとあたしは巽家のみな

さまのことを……』

その先の数文字が、滲んでいる。お涼が涙を垂らした跡と見受けられる。音乃も涙を袂で拭いながら、さらにその先を読んだ。

『本当のことを知ったところで　もうどうでもよくなりました　人に恨みをもつという怖さを身にしみて感じたからです　この手紙をおたかさんにお願いしましたが　音乃さんが読むころには　もう長屋を引き払っております　だまって出ていってしまうことをお許しください　山菜は改めて日野で摘みました　安心して食べてくださいもうおさいほうを習うことはかないませんが　いつまでもお達者でと奥さまにおつたえください』

とまで、手紙には綴られている。

その夕音乃は、丈一郎と律の前で、お涼からの手紙を、声に出して読んだ。

時代小説

二見時代小説文庫

もたれ攻《ぜ》め　北町影同心《きたまちかげどうしん》 5

著者　沖田正午《おきだしょうご》

発行所　株式会社　二見書房
東京都千代田区三崎町二-一八-一一
電話　〇三-三五一五-二三一一〔営業〕
　　　〇三-三五一五-二三一三〔編集〕
振替　〇〇一七〇-四-二六三九

印刷　株式会社　堀内印刷所
製本　株式会社　村上製本所

落丁・乱丁本はお取り替えいたします。
定価は、カバーに表示してあります。

 ISBN978-4-576-17060-2
http://www.futami.co.jp/

沖田正午

北町影同心 シリーズ

以下続刊

「江戸広しといえどこれほどの女はおるまい」北町奉行を唸らせた同心の妻・音乃。影同心として悪を斬る！

北町影同心

①閻魔《えんま》の女房
②過去からの密命
③挑まれた戦い
④目《め》眩《くら》み万両
⑤もたれ攻め

殿さま商売人 完結

①べらんめえ大名
②ぶっとび大名
③運気をつかめ！
④悲願の大勝負

将棋士お香 事件帖 完結

①一万石の賭け
②娘十八人衆
③幼き真剣師

陰聞き屋 十兵衛 完結

①陰聞き屋 十兵衛
②刺客 請け負います
③往生しなはれ
④秘密にしてたもれ
⑤そいつは困った